不貞の子は父に売られた嫁ぎ先の成り上がり男爵に真価を見いだされる

天才魔道具士は黒髪の令嬢を溺愛する

三崎

Illustration 花染

五章　マダム・ルリーナ

六章　語るべきこと

七章　明かされた真実と、決別

一章　不貞の子、嫁に出される

1．不貞の子、ロレッタ

伯爵令嬢ロレッタ・アーバンは不貞の子である。

わたしは、自分がそう言われていることを知っている。貴族であれば、みんな知っている噂話。

表向きにはアーバン家の長女は病弱なのだということにされていた。長女ロレッタは一度も社交の場に出たことがない。それどころか、家の敷地の中に離れを作ってもらっていて、ずっとそこで臥せっているのだと。

実際、わたしはその離れで一人きりで暮らしていた。朝昼晩の食事は与えられるけど、それだけ。侍女もつかず、ただ一人きり。

でも、それは病弱だからではなくて、噂のとおり、不貞の証である貴族にはあるまじき黒い髪を人目から隠すため。

離れで過ごすわたしが誰かと会うことはほとんどないのに、両親から「黒髪が目に入ると不快だから」と言われて帽子をいつも被らされていた。貴族令嬢ならみんな長く伸ばすはずの髪の毛も、うっかり帽子からのぞいて見えないようにと短く切られている。

ほんのたまに、どうしても人と会わなくてはならない場面では、両親はわたしの帽子の理由を「病気の治療のために飲んでいる薬の副作用で髪が薄くなって、年頃の女の子なのにかわいそうだから」と語った。

両親は『病弱な娘想いの親』として通ってきているらしい。

噂は噂。本当はどうかはわからない。だからきっと、周囲の人たちも本人たちがそう言うのであればそうなのか、という態度で接するしかないのだ。

でも、『噂』としてはみんな――知っているのだと、わたしは限られたものしか与えられないこの離れで過ごしていても、知っていた。


だから、そんなある日のこと。母から告げられた言葉に耳を疑った。

「ロレッタ。あなたに縁談が来たの」

思わずわたしは目を大きく見開き、固まった。

いつもであれば「あなたのような娘でも貴族の家に生まれた以上、みっともない素振りはしてはなりません！」と叱咤し、わたしの頬を叩くはずの母は珍しくわたしの粗相を見逃して、言葉を続けた。

「成り上がりの男爵様でね、バルトル・ガーディアという男よ。貴族の嫁を探しているって大金をチラつかせているんですって。まあ、品のないことですけれど、そういう相手なら、あなたがちょうどいいんじゃないかしら」

「……」

気持ちよさそうに語る母の口調は、彼のことを馬鹿にした言いようだった。それに対して思うことはあるけれど、わたしはただ息を呑む。

「あなたのことを話したら、とても喜んでいらっしゃったそうよ」

成り上がりの男爵ということは平民の生まれだけど、魔力を持って産まれた人物……ということだ。

この国では魔力を持つものは基本的に貴族のみで、希少な存在であるため魔力持ちはとても大切にされる。魔力を持って生まれた平民は男爵の爵位が贈られたり、マッチング次第では貴族の養子として引き取られることは珍しいことじゃない。

突然変異的に生まれ出た平民が持つ魔力というのは、貴族たちが脈々と受け継いできた魔力のそれと匹敵する力を有していた。……いえ、むしろ貴族に勝る力を持っていることの方が多いのだけど、そのことを肯定する貴族は少ないので、一般的には『匹敵する』とそのように言われていた。

母が告げた男の名はわたしも知っていた。

バルトル・ガーディア。

父と同じ電気の魔力を持つ男。だけど、彼が有名なのは『魔力があるから』ではない。

彼は優秀な魔道具士だった。魔道具の画期的な改良を行ったということで大々的なニュースになったような人だ。

(成り上がりの男爵。……アーバン家の不貞の娘がちょうどいいだなんて、とんでもない)

平民の生まれではあるけれど、彼はとても優れた能力を持つお方だ。この離れで引きこもっているわたしですら、お名前とご活躍を存じ上げているような人。

わたしは押し黙り、表情を隠したけれど、「信じられない」という動揺と困惑は抑えきれなかった。

不貞の子のわたしを妻に望む人が現れるなんてこと自体、ありえないことなのに。

どうしてそんな人が我が家に縁談を？　彼と縁者になりたいと望む貴族は多いのでは？

わたしはただ貴族の家に生まれた娘というだけで、彼に釣り合う存在じゃない。そもそも、貴族の娘というのも……わたしの身に流れる血は半分しか、そうじゃない。

「お前にはもったいないほど、よくできた男だぞ。眉目秀麗、王も一目を置く魔道具士だ。本来、平民の魔力持ちの爵位は一代限りだが、奴についてはその功績と……子孫の魔力の有無によっては子に爵位を継がせることも期待されているそうだ」

父が口角を吊り上げて、意地の悪い笑みを浮かべる。わたしの思考に被せるように、『それ』を言う。

「ああ、お前がまさか！　真っ当な貴族の娘ではないとは思いもしないで！」

整った顔に似合わない酒に焼けてガラガラの声で父は高笑いを上げた。よほど、その成り上がりの男爵が気に食わないのだろう。……わたしのことも。

父は人からわたしが不貞の子なのではと噂されているのを耳にしたり、探りを入れられるようなことがあると決まってわたしに癇癪をぶつけた。……だからわたしは、誰とも会わず、ずっとここにいたって、自分が世間でどう言われているのか、知っている。

魔力を持たない平民と魔力を持つ貴族の子は、子本人に魔力が引き継がれても、その子孫に魔力が引き継がれることはない。

……つまり、貴族の母と平民の男の娘――不貞の子のわたしと平民の出自の彼の組み合わせでは子どもに魔力は期待できない。

「天才などと言われていても所詮は平民。貴族の社交には馴染めず、お前の噂も、髪の色の意味も知らんらしい。まったく、哀れなもんだ」

父は不貞の子のわたしと平民生まれの彼が夫婦となることで、彼を一代限りの爵位で収まる男としてしまいたいのだ。このまま真実を告げずにバルトル様を騙すつもりだ。

「あんな男に、これ以上成り上がられてたまるか！　ようやくお前が我が家の役に立つときが来たのだ！」

父が良くないことを考えていることはわかったけれど、わたしには彼に口ごたえすることはできなかった。

父は拳を握り締め、気持ちを昂らせていた。わたしはその握り拳から目が離せなかった。幼い頃は何度も、あの拳に殴られた。物を投げつけられた。今、彼は、わたしのことなんて視界に入れていない。それでいい。なにかを喋って、じろりと睨まれて、痛い目を見るのは嫌だった。

（なんて情けないんだろう）

そうは思っても、わたしの口はなにかで縫い止められているかのように閉じたまま動かないのだった。

「我が愛しの娘、ルネッタにはあんな一代限りの男はもったいない。幸いあの子は美しく育ったおかげで婿もよりどりみどりだ！」

父の下品な笑い声に怯えていると、いつのまにか母が近寄ってきていて、舐めるように上から下までギョロリとわたしの姿を眺める。そして乱暴な手つきでわたしの帽子を剝ぎ取った。

「さすがに今のままじゃあみっともない。この家を出るのならこの黒髪もどうせ隠し通せないんだから、いいわ。お会いするときまで、髪を伸ばしておきなさい」

「……はい」

父と母は、終始冷たい態度のまま、わたしが住まう離れを出て行った。

誰もいなくなった部屋。カーテンを閉じたままの窓を見つめたまま、わたしはそっと自身の頭に手を伸ばす。ひどく短く切られた黒髪。

長い髪には憧れていたから、髪を伸ばす許可を得られたことだけは嬉しかった。

お会いしたこともない罪なき男爵……バルトル様を騙すことになるけれど、優秀なのだというお話がわたしの耳にすら入ってくるようなお方だ。きっと、わたしがなんの役にも立たないぐずだとすぐにわかって、追い出すだろう。

……そうなったら、我が家のことも世に知れ渡るかしら。わたしのことが知られて、母の不貞も『噂』ではなく白日に晒され、さらには父と母がわたしを虐待していたことが知られ、アーバン家の地位は剝奪されることとなったり、するかしら。

チクリとなにかが胸を刺す。

そんなのは絵空事だわ、と思わず薄く笑ってしまう。

（まさか、そうはならないでしょうね）

もしもアーバン家のこの隠し事が露呈しても、きっとわたしだけが責められて終わる。

妻の不貞を知りながらも病弱だと偽り世間から隠すことで世間の冷評から守ってきたのだという美談にすり替えられるかもしれない。すでに今、不貞の子の噂話と病弱なアーバン家の長女の話を聞いて、そういうふうに受け取っている人も少なからずいるだろう。婚姻も本当は妹を嫁がせるつもりだったが、離れで一人甘やかされて育ったわがままな姉が嫁ぎたがったとか。なんとか理由をつけて、不貞の娘のわたしが強引に嫁に行った形にされるんだろう。我が家の悪い部分は明るみには出ないで終わるんだろう。

ため息をつく気にもならなかった。

◆◆◆

不貞の子と呼ばれるわたし。

それは、けして言いがかりなんかじゃない。そう言われる根拠があった。わたしには両親の魔力が引き継がれなかったのだ。

通常、貴族同士の婚姻だったなら、父方か、母方か、どちらかの魔力が引き継がれるはずなのに、わたしの魔力の系統は父とも母とも違う未知のものだった。

でも、それよりも先に、最も問題となったのは、容姿。

わたしは父親に全く似ていなかった。母にすら似ていない。顔つきもだけど、豊かなブロンドの髪に蜂蜜色の瞳をした父とも、煉瓦色のような落ち着いた赤髪と暗い茶色の瞳の母とも似ていないわたしは、艶のある黒髪と灰色の瞳を持って生まれてきた。

成長するにつれ、身体つきだけは母に似てきたけれど、小さな頃は両親のどちらにも全く似ていなかった。

でも、似ていなかったとしても、わたしは母のお腹から生まれてきた。それだけは間違いなかった。

『黒い野良犬に孕まされたか』

幼い頃に聞いたこの言葉の意味を、わたしはそう大きくならないうちに悟ってしまった。

わたしをアーバン家に繋いでくれる唯一の存在は母だけだったけれど、でも、母がわたしを愛することはなかった。

『せめて、わたくしに似ていればよかったのに』

それが母の口癖だった。

まだ幼い頃、自分と全く似ていないわたしの容姿を見るたびに、母はそう言って、美しい顔を歪めた。

けれど、父と母は離縁しなかった。

当時アーバン家には借金があり、母の実家から融資を受けていた。それに、貴族社会においては、妻が不貞を働くというのは夫にとっても恥だった。そんな理由で、母が不貞をしたということは隠されたまま、二人の夫婦関係は続き、わたしもアーバン家の長女として育てられることとなった。

それから二年ほどして、妹が生まれた。

ルネッタと名付けられた彼女は父によく似た美しいブロンドへアーと、母に似た穏やかな茶色い瞳を持っていた。

顔立ちも父の幼少時代によく似ていて、父方の祖父母が大層喜んでいた。

『ああ、ようやく、真っ当に我々の血筋を継ぐ子ができたのだ!』

父の一族一同は歓喜に満ち溢れた。妹は全てに愛されていた。

貴族にとって持って生まれてきた髪の色というのはとても重要なもの。

生まれ持った魔力の種類は髪の色に現れる。ブロンドへアーの父は電気、赤髪の母は火の力。わたしの黒髪は魔力を持たぬ平民と同じ色だった。

だけど、これがまた気味悪がられたことなのだけど、わたしには魔力だけはあるようだった。魔力なしの証の黒髪のくせに。

妹は父と同じ電気の魔力を持っていた。アーバン家は、この妹が婿を取り、家を継ぐことが決まった。

家を継ぐ子どもは『魔力継承の儀』を執り行うのがこの国の貴族の習わしだ。親の持つ魔力を、子に譲り渡すことでより力を強めることを目的としたもので、これは血の繋がりのある親族間でしか執り行うことができない奇跡の秘術だった。

この奇跡を行えること、それが青き血の貴族の証左だった。

わたしのように、両親の魔力のそのどちらの系統も引き継がなかった子どもは稀だ。――そう、稀に生まれることは、あるのだ。だけど、わたしの場合は容姿も両親に似ていないことが災いした。

それも、よりにもよって黒髪だ。政略婚で結ばれた二人の関係も良いものではなかった。

どちらの系統も引き継がなかったなんの力も使えないハリボテの魔力、似ていない容姿、黒い髪、夫婦の不仲。

二人の間の子ではないのだろうと思わせるのには十分だった。

不貞の子である黒髪のわたしは誰からも愛されなかった。

対して、次期当主となるべく育てられることとなった妹は全てにおいて、優遇されていた。

妹の誕生パーティは毎年とても盛大に開かれた。父の親族一同、そして親交深い貴族の面々が招かれた。

わたしは望まれて生まれてきた子どもじゃないから、誕生日を祝われたことは一度もなかった。

対外的にはわたしの誕生パーティが開かれない理由は『長女は病弱だし、本人も人の多い環境を嫌がるから』ということになっているらしい。

幼いころはそれを寂しく感じたり、妹を羨む気持ちもあったけれど、いつしかわたし自身、『そういうもの』なのだと思うようになっていた。

◆◆◆

縁談のお話をいただいてから早数ヶ月。

妹ルネッタが髪を煌めかせながら中庭ではしゃいでいる姿を、カーテンをほんの少しだけ開いて窓から眺める。

妹の豊かなブロンドヘアーは腰ほどの長さまで伸び、ふわふわと柔らかで、陽の光の下で美しく輝いていた。

愛されて育った妹。とてもかわいい女の子。……わたしも、妹のことは好きだった。

ルネッタはわたしを「お姉さま」と呼んで、笑いかけてくれる唯一の家族だったから。

妹の輝かしい姿を見ていると眩しいとそう思うけど、それと同時に、どうかこの子だけはこれからも幸せであり続けますようにと祈った。

――わたしは不貞の子として、一生この離れで過ごすんだろう。

離れの窓から外を眺めるたびに、そう思っていたはずなのに。

（……もうすぐ、わたしはこの家を出ていく……）

わたしの心残りは、妹のルネッタのことだった。


貴族は納税をする領民に対し、自身の魔力を還元しなくてはならない。

『魔道具』――魔力を動力源とする器具の数々はもはや人々の生活に欠かせないものとなっていた。

広大な畑を耕す耕運機、食材を長期間保管しておける冷蔵庫、常に清潔さを保てる水洗トイレ。

挙げていけばキリがない。

これらを発明したのは、とある一人の平民だったというから驚きである。彼はその才覚から『異界からの導き手』と呼ばれていたそうだ。彼の生み出す発明品はとても今世の人間の発想とは思えないということから、その呼び名がついたという。

彼の偉大な伝説はさておき、ともかくとして、貴族は税を納める領民に己の魔力を渡してやらねばならない。そのために、自身の魔力を『糸』として紡ぐのだ。

だから、わたしは毎日糸を紡いでいた。なんの能力も発現しないわたしの魔力だけど、魔力を動力とする道具、『魔道具』を動かすことはできた。

アーバン家の『電気』の魔力は特に魔道具を稼働させるのに向いていて、領民に配る魔力とは別で、国家が運用する大きな規模の魔道具を動かすために国にも魔力を納めることを求められていた。

お父様は政《まつりごと》が苦手で、自分自身はほとんど領地経営に関わらず、金で雇った人物に任せきりだ。借金がある時代からそうだった。父は領主としての仕事には興味がなくって、金が大好きで執着するくせに、金遣いの荒い人だった。

『電気』の魔力を国に納めれば、納めた量の分だけお金がもらえる。父はその収入に頼っているらしかった。

「お姉さま！　たすけて、私、糸がうまく紡げないの」

糸紡ぎ。わたしの日課。この家でのわたしの唯一の仕事。

思い出すのは、まだ幼い頃。わんわんと泣きながらわたしの胸に飛び込んでくる妹のルネッタ。

ルネッタは魔力の糸を紡ぐのが苦手だった。十歳を超えたら貴族の子どもたちは皆、この糸紡ぎを学び、領民のために糸を紡ぐ仕事に就く。

……わたしは、不貞の子だから、父からは「お前はなにもしなくていい」と言われていたけれど……。お母様がやり方だけは教えてくれたのだった。

だから、これは妹とわたしだけの秘密だった。

なんでもできる愛された妹ルネッタが、顔をくしゃくしゃにさせながら自分に甘えてくるのが可愛らしくて、わたしはいつも「しょうがないわね」と妹の仕事を手伝ってあげていたのだ。

いや、手伝う……どころか、ルネッタが本来やるべき分を全て代わってやってあげていた。

ルネッタは教えても、教えても、うまくできずに泣き出してしまう。

「大丈夫よ、わたしが全部、やってあげる」

そうなると、わたしはつい彼女に手を差し伸べてしまう。

「ありがとう、お姉さま！」

ルネッタの安心し切った満面の笑みが見たくて。

……そして、わたしのちっぽけな優越感を満たしたくて。

お父様たちには内緒で、わたしはこっそり糸を紡いで妹に渡してあげていた。

◆◆◆

そんな昔の思い出に浸ること数日。今日もわたしは、糸を紡いでいた。

かわいらしい妹、ルネッタのために。

でも、これから三日後。わたしはこの家を出る。

どうしても気になってしまって、わたしはとうとうその心残りを妹に問うてしまったのだった。


「……ねえ、ルネッタ。あなた、一人で魔力の糸を紡げないのでしょう。大丈夫？」

「お姉さまが私の心配をするの？」

わたしが紡いだ糸を回収しに離れにやってきたルネッタに声をかける。

返ってきたのは、片眉を上げ不愉快そうに口角を上げた妹の嘲るような声だった。

「お姉さま、本当にご存じないのね。私、とっくに糸紡ぎはできるようになっていてよ」

「……え、そ、そうだったの」

ルネッタが告げた言葉に目を丸くしてしまう。そんなわたしの反応を見て、ルネッタは心底呆れたという様子で大きなため息をついた。

「あんな十歳の子どもでもできるようなことを、この家を継ぐ私がいつまでもできないと思っていたの？　全く。いつもひとりぼっちでいるから、そんなとぼけているのね。……というか、そもそも、今時こんな……」

「こんな?」

含みを持たせた呟きに小首を傾げると、ルネッタはイラついたように片眉をあげた。

「……なんでもないわ、離れにずっといるお姉さまは知らないでもいいことよ。お姉さまはそうやって、地味にコツコツ糸を紡いでいる姿がお似合いだもの」

わたしが紡いだ糸を渡すといつもニコッと笑っていた彼女の姿はそこにはない。

小馬鹿にしたような顔でわたしを見つめるルネッタ。

「私にはお姉さまなんて、もうとっくに必要ないの。でも、お姉さま、私のお手伝いするのが好きだったでしょ? だからやらせてあげていたのに。はーあ、本当に察しが悪いったら」

「……ルネッタ……」

父譲りのブロンドヘアー。キラキラとしたブラウンの大きな瞳。美しく育った妹のこんな意地悪な顔は初めて見た。

「私、これから『魔力継承の儀』もしますもの。そうしたらきっと糸紡ぎももっとたくさんできるようになるわ。ご心配なくお姉さま。安心して平民に嫁いできてちょうだい」

くるりと踵を返すとたなびく豊かなブロンドヘアー。それをついつい目で追ってしまうけれど、わたしが紡いだ糸を抱えて去っていったルネッタがわたしの顔を見ようと振り返ることはなかった。

「……」

閉まる扉。伸ばしかけた腕を下ろす。わたしはぎゅっと手を握り締めた。

ルネッタの長い髪は、とても美しい。

……わたしの髪も、前と比べたらだいぶ伸びてきたけれど。

耳の横の毛のひと房を摘まむ。引っ張って、ようやく真っ黒な髪の毛先が視界にちらっと見えた。

本当は縁談のお話をいただいてすぐに先方から顔合わせのお申し出があったそうだ。けれど、わたしの髪がまだ伸びていなくてみっともないからとお母様が断ってしまった。

バルトル様は、どんな人なのだろう。これくらいの長さがあれば、最低限みっともなくはないだろうか。この黒髪を見て、どう思われるだろうか。

（……あと、三日……）

ああ、どうして今日、ルネッタのあんな顔を見てしまったんだろうか。

（……わたしが、よくなかったのだわ。不貞の子なのに、あの子の姉として振る舞おうとして。それが……）

ふるふると首を振る。やめよう。

これ以上は思い詰めないように、わたしは指を動かした。

くるくると両の指先を回すとキラキラと輝く『糸』ができる。無色透明……いや、銀色かしら、虹色にも見える。不思議な色に輝く細い糸。これが魔力の糸だ。何度見ても、何時間でもずっと見ていても美しくて夢中になる。わたしは糸紡ぎが好きだった。

もう必要ないと言われても。

2.　成り上がりの旦那様

婚姻の話をいただいてから生まれて初めて伸ばし始めた髪の毛は、ようやく襟足に届く長さになった。いままで伸ばしたことがなかったから、髪を伸ばすのにこんなに時間がかかるなんてことも知らなかった。

母や妹は貴族の女性らしく、当然のように腰まで届くほどの長い髪の毛だけど、一体どれほどの期間伸ばしていたのだろう。そんなことを考えながら、黒い毛先をつまんでいじる。

……ぐっと毛先を引っ張ると、鏡に映さなくっても視界に髪の毛が見える。新鮮だった。

鏡に映ったそれを見るよりも、艶やかで色も黒々として見えた。

（……悪い色ではないと思うのだけれど）

不貞の証だと両親からは嫌われ、蔑まれるこの黒髪。だけど、わたしは自分のこの髪の色は嫌いじゃなかった。

今日はわたしの婚約者、バルトル様がわたしを迎えに来る日。

わたしは引きこもっていた別邸から、久しぶりに本邸へと連れて行かれる。

長く勤めている侍女長から汚いものを見る目で見られながら、若い侍女たちに取り囲まれて本日の身支度を施された。

我が家に勤める彼女たちも当然、わたしが不貞の子であることを知っている。不貞を働いたのは母だけど、女主人であり一時は不貞を働いたもののその後、無事に後継を産む役目を果たした母を冷遇するわけにもいかないから、その矛先は子どものわたしに向けられるようだ。

支度の最中はずっと無言だった。

ほとんどつけたことがなかったコルセットを身につけるのが苦しくて、ぎゅっと腰が絞られて蛙のつぶれた声みたいな声を上げてしまった時だけクスクス笑われた。けれど、伯爵家の令嬢として恥ずかしくない立派なドレスはどうにか着られた。

人前に出る機会がなかったわたしはドレスを持っていなかったけれど、お母様が今日の日のために仕方なく用意してくださったらしい。

……お母様のただの見栄っ張りだけど、きちんと装飾のされた立派なドレスを初めて着たことはほんの少し嬉しかった。

「ああ、やあ、どうも」

初めて入る我が家の来賓室。座り慣れない上等な椅子に、父と母と並んで座っているのは、落ち着かなかった。

わたしの婚姻相手の彼はすでに屋敷には到着していたようで、支度を終えたわたしが席に着いたらすぐにこの部屋に通された。

「バルトル・ガーディアと申します。本日はありがとうございます」

彼の声に振り向き、そして目に入った容姿にどきりとした。

金髪。父と同じ、ブロンドヘアー。父の存在を意識してしまって、わたしは咄嗟に身を縮こませた。けれど、挨拶だけは、ちゃんとしなくては。気持ちを引き締めて、わたしは起立して彼と向き合う。

「初めまして。ロレッタ・アーバンです。婚姻のお申し出、ありがとうございます」

わたしは慣れないお辞儀をする。社交の場に出たことはないけれど、礼儀作法といった淑女の嗜みは母から厳しく躾けられていた。

……教えてくれていたのはわたしのため、ではなくて、鬱憤ばらしのためなのだろうけど。一度も褒められたことはなくて、ひたすら母から叱られるためだけに、わたしは指導を受けていた。些細なこと、つまらないこと、取るに足らないミスでわたしは母から厳しく叱られた。

ちゃんとできているように見えているかしらと不安になりながら彼を見ると、バルトル様はにこやかに微笑まれていたから、失礼はなかったのだ、と思いたい。

「……お約束していた支度金をお持ちいたしました。婚姻の誓約書もございます。お認めいただけましたらぜひ、今ここで正式に彼女と婚姻を結びたい」

席につくなりバルトル様は重そうな革のトランクを父に渡した。父もまたすぐさま中身を検分し、ニヤリと笑う。

「たしかに。我が娘との婚姻を認めよう。今この時からこの娘は君のものだ」

「ありがとうございます。では、こちらを」

とてもテキパキとされている方。そういう印象を受ける。

どうしても金色の髪が気になってあまりお顔を見れないのだけど、大声ではないのによく通るハリのある声だとか、シャンとした背筋だとか。わたしと挨拶を一言だけ交わしたらすぐに父とのやりとりに移るところだとか。

（……なんだか、商品のやり取りみたい）

利を求めた婚姻なのだから、当然なのだけど、わたし自身にはさほど興味はないんだろう。

誓約書を受け取り、わたしもサインをする。これを貴族院に提出すればわたしたちは正式な夫婦だ。

父は早速、早馬に届けさせようと使用人に指示を出した。

その間、値踏みするような目でねっとりとバルトル様を見つめる母。

チラチラと支度金の入ったトランクをずっと気にしている父。

……バルトル様の清潔感のある真白いスカーフを眺めるわたし。

ハリがある厚手の生地は、離れた距離から見ても上質な素材であることがわかる。バルトル様の髪を視界にあまり入れないようにしながら、不自然でない程度に目を逸らすと、どうしてもこの襟元ばかりを見てしまう。

「——君は病弱だと聞いている」

「…………は、はい」

不意に話しかけられ、わたしはつい口ごもってしまった。いえ、もしかしたら、不意に、ではないのかもしれない。実は彼はわたしを見ていたのかも。わたしが彼の顔を見ようとしないようにしていたから、気づかなかっただけで。

男性のお声を耳にするのはお父様以外には滅多にないから、聞き慣れない低い声が必要以上に胸をどきりとさせる。

ハッとして、つい目線を上にあげると、金髪にやはり萎縮してしまう。金の髪は見ないように、見ないようにとその代わりに蒼い瞳をじっと見るようにした。

「家を離れることになるのは平気かい？」

「はい、ええと……病気も、もう良くなりましたので。ご心配には及びません」

「ああ、長い間、過保護にしてたんだがね……。もう、大丈夫でしょうとお医者様からも太鼓判をいただいている」

そもそも病弱な娘ということ自体が偽りだ。心配をする彼の言葉にさっそくわたしの胸がちくりと痛む。

わたしの言葉に合わせて、お父様が笑いながら「ああ、なに」と続ける。その時、背中を軽く押されてビクッとしてしまった。

「子作りの心配もいらんぞ。まあ、体力がないところはあるかもしれんが」

……辱めるような父の言葉。だけれど、バルトル様が貴族の妻に求めているのは、そういうことだろうから、ご心配される点ではあるんだろう。娘を送り出す父としては言っておくべきことだ。

わたしは俯く。

バルトル様は一代限りの男爵位。この爵位を子孫に継ぐことを認められるには、魔力を持った子どもがいなければいけない。そのために、バルトル様は貴族の娘を求めた。

……わたしの本当の父親が、魔力を持たない平民とも知らないで。わたしが、なんの力も発揮できない出来損ないの魔力しかないとは知らないで。

きっとわたしは魔力を持たない子しか産めない。

父は、早く子を産んでしまえ、と言っていた。そうしたら真実を知ったあとも離縁しづらくなるからと。

『野良犬の子だけあって、男好きのする身体にはなったじゃないか。成り上がりの平民男なんて元々腰振るしか能がないんだ、孕むまで毎日床に誘ってさっさと子どもを産んでしまえ。子ができずとも身体を気に入ってもらえれば離縁されても愛人としては置いてもらえるだろう』

（……）

父の下品な笑みを思い出してしまって、わたしはつい唇を嚙む。

父はバルトル様の出世が気に食わないらしい。だから、わたしと結婚させて彼のこれからを邪魔しようとしている。

バルトル様は父の言葉には特になにも応えなかった。ニコリ、と口元に湛えた微笑みも微動だにせず。

なにを考えていらっしゃるのかしら。

わたしには、わからない。

◆◆◆

家を出る支度はバルトル様がいらっしゃる数日前には終えていた。

量も多くないから、荷物の積み込みはあっという間に終わってしまった。

「荷物はこれだけ?」

わたしの荷物を載せてもらう荷台は、全ての荷物を積んでもだいぶスペースが余ってしまっていた。

家にずっと籠りきりだったからあまり服も持っていないし、本はよく読んでいたけれど、重たいし嵩張るから置いていくつもりだった。

「そっか……」

頷いたわたしを一瞥し、バルトル様はわたしが暮らしていた離れの方を眺めた。

「向こうに着いてから必要なものが出てきたらなんでも言ってくれ」

そして、ニコリと微笑まれる。多分……微笑んでいる、と思う。あまりお顔が見れないから、よくわからないけど。声がとても優しいから、きっとそう。

馬車の中へ乗り込み、対面で彼と座る。

もう書類上では夫婦となり、これから共に同じ屋根の下で暮らす相手だというのに、わたしは未だにバルトル様の高級そうなスカーフばかりを見つめていた。

ガタンゴトンと揺れる馬車、この時間が永遠に続くのではと錯覚するほどの気まずさを感じてしまう。

「――白い肌に、黒い髪が美しいね」

「えっ……」

馬車を走らせて、しばらく経ってのこと。

突然バルトル様が口を開いた。

「さっき、日向にいる君を見てそう思った。君の黒い髪に光が当たって、天使の輪のようだった」

「……あ、ありがとうございます」

なぜ、急にそんなことを言い出したのだろう。もう妻となったのだから、口説く必要などもないのに。沈黙が続くのがバルトル様も耐えられなかったんだろうか？

天使の輪、だなんて浮ついたことを。絵画の中の天使は、みんな柔らかなブロンドヘアーだ。わたしみたいな黒髪の天使なんていないのに。

（……でも、わたしの髪を褒めてくださった人は初めてだわ……）

このお方にとっては、きっと大した意味のない社交辞令。迎え入れた妻へのサービストーク。だけれど、わたしは、そんなことを言ってもらったことは初めてだった。

だから、嬉しくて、不意に胸が高鳴ってしまった。

そして、つい彼の顔を真正面から見てしまったのだ。

わたしは思わず息を呑む。

バルトル様は、本当にお顔の整った方だった。

蒼い瞳は大きく煌めいていて、鼻筋が通っていて、有り体に言えば美男子だ。

さきほど、日に当たったわたしの髪を褒めてくださったけれど、彼こそ、本当にきれいだ。車窓の隙間から差し込む光に照らされて、キラキラと金の髪が輝いていた。

この時初めて彼と目が合って、彼に見惚れて呆然としていたわたしがハッと瞬きをする間にバルトル様はにこりとお笑いになった。歯並びの良い白い歯が見えた。

こんなに爽やかに笑う人を、わたしは初めて見た。

（平民のお生まれということだけれど、本当にそうなのかしら）

物腰は穏やかで、優しそうだ。父から伝え聞く平民の姿とは、まるで違う。きっと、父の語りは平民を軽視する父の認知の歪みがあるのだろうとは思っていたけれど、でも、それにしても彼はしなやかでスマートな男性だ。

(むしろ、王子様みたい)

本の中で描かれるような王子様。彼の容姿や振る舞いからはそんな印象を受けた。

それからまた馬車の中の沈黙は続いた。けれど、さきほどの重苦しさとは違っていて、わたしはさきほどまでとは別の意味で、バルトル様の方を見ることができず、俯いて過ごすのだった。

◆◆◆

王都に構えられたバルトル様のお屋敷はご立派だった。なんでも、没落してしまった子爵家の邸宅を買い取られ改修されたのだとか。まだ、新しい建物に見える。

広い庭園もきれいに整えられていた。

使用人たちもみな明るい顔をしていた。実家では、不貞の子のわたしは使用人たちからも良く思われていなかったから、目が合った時に睨まれたりわざとらしくそっぽを向かれたりしないのが新鮮だ。……とはいっても、ほとんどずっと離れで過ごしていたから、彼らに会う機会は少なかったけれど。

案内された食堂でバルトル様と一緒にいただいたご飯も温かくておいしかった。こんな風に柔らかくて温かい料理をいただいたのは久しぶりだ。

バルトル様は「僕はテーブルマナーには疎いから」と仰りながらも、美しい所作で食事を召し上がっていらした。

ずっと部屋で一人ボソボソとご飯を食べていたわたしよりも、きっとバルトル様の方が人前で食事をする機会は多かったことだろう。わたしは……母から厳しく指導はされていたから、作法自体は身についてはいるけれど……。誰かと話をしながら食事を楽しむ、というのは経験がない。

そういう意味では、バルトル様の方がよっぽどわたしよりも優れているだろう。バルトル様がお話をしながら器用にカトラリーを操るのをじっと眺める。

食事を終え、お風呂をいただいたら、そのあとは夫婦の寝室で過ごすこととなった。

年若い侍女が用意してくれたのは着心地の良い綿のワンピースタイプの寝巻きだった。夫を誘惑するために着るようなナイトドレスではなかったことに少しホッとする。……でも、夫婦として過ごす初夜になにを着るかなど些事なんだろう。きっと、どうせすぐに脱いでしまうのだから。

ぎゅ、とワンピースの裾を握り締めながらバルトル様が寝室を訪れるのを待つ。

引きこもりで世間知らずのわたしでも、世の夫婦というものがなにをするのかくらいは知っている。母からも聞かされていたし、そういう閨の作法の本も与えられていた。

そう長くはない時間。だけれど、時計が刻む秒針の音がやけに重々しく響いて聞こえていた。

やがて、ギィと音を立てて寝室の扉が開けられる。

ハッと振り向くと、バルトル様がいらっしゃった。彼もわたしと同じく簡素な寝巻き姿だ。湯上がりで髪の毛がまだ少し濡れている。

ブロンドヘアーが目に入って反射的にわたしは顔を逸らしてしまったけれど、バルトル様はそれを気にした様子はなく、寝室の大きなベッドのそばで立ち尽くすわたしに近づいてきた。

「……電報が届いていたよ。僕たちの婚姻誓約書が無事に受理されたそうだ。実感が湧かないだろうが、これで僕たちは正真正銘、天地が認める夫婦となった」

「そうなのですね……」

貴族院の仕事の速さに舌を巻く。

バルトル様がすぐ横をスッとお通りになり、ベッドに腰掛けた。

ただそれだけのことなのに、思わず身体がこわばる。

「その、バルトル様」

不安になって口をついて出てしまった声は我ながら情けないものだった。

「あ。大丈夫だよ、僕たちの初夜はまだ先にしよう」

「え？」

投げかけられた言葉に思わずバルトル様のお顔を真正面から見てしまった。ベッドに腰掛けるバルトル様はニコニコと笑みを浮かべられている。

「書類上の夫婦にはなっても、ホラ、式を挙げていないだろう？　それからでいいと思うんだよね」

「え」

「うん？」

　バルトル様はこてんと首を傾げてしまう。

「ええと、式……挙げるのですか？」

「うん、そのつもりだけど。ホラ、だから万が一……子どもができたら、お腹が大きくなって好きなドレスが選べなくなるかもしれないじゃない？」

　わたしの問いかけに、バルトル様はむしろ不思議そうにしながら答える。

「……そ、そういう理由なのですか？」

「大事なことだろう？　君は細身のドレスの方が似合いそうだしね。やっぱり晴れの日はなんの憂いもなく迎えるべきだよ」

　バルトル様は……一代限りの男爵位から、魔力を持った子を生すことでさらに成り上がっていくことを望まれていて、そのためにわたしを娶ったのでは……？

　式など挙げなくてもその目的は達することができるというのに。

（それも、理由が……わたしが細身のドレスの方が似合いそうだから……？）

　困惑するわたしの頬に、冷たい手のひらがかすって思わずビクッとする。反射的に見上げると、細められた蒼い瞳と目が合った。

長い指がサラリとわたしの真っ黒な髪に触れた。

「……髪も、伸ばしているんだろう?」

「あ……」

「きっときれいだよ。君のこの黒髪が風にたなびいて、光の下で煌めいて……純白のドレスを着た姿」

金の濃いまつ毛に縁取られた蒼い瞳が細められる。その目に映っているのがわたしというのがどうにも信じがたかった。

「だから、式をするまで僕は君にそういうことをする気はないよ」

「そ、そうですか……」

「すまないね。早く君を連れ出してしまいたくて、式をする支度を整える前に連れ出してしまった」

「そうなのですか……?」

早く嫁が欲しかった。それならば、いち早く子を望んでいるのではないか。わたしの髪が長く伸びるまでにはとっても時間がかかるはず。来年以降の話になるかもしれないのに。

(……いいのかしら?)

頭の中は疑問でいっぱいだけど、彼の微笑みを見ているとなんとなくそれを問いただす気は失せてしまって、わたしは黙り込む。

「今日は疲れたね。よくおやすみ。夫婦の寝室はここだけれど、普段は互いの部屋で夜は過ごそう。あっちの青いプレートのかかった部屋が僕の部屋だ。ひとり寝が寂しいのなら慰めるくらいの甲斐性は持っているつもりだがね」

ドアノブに手をかけ、振り向きざまに彼は片目を閉じて笑んだ。

……ええと、これは、ウインクというやつだわ。実際にする人は初めて見た。つい呆気に取られてしまう。

とてもお上手、鮮やかで爽やかだった。

バルトル様は容姿や立ち振る舞いもご立派だけれど、貴族だったらしないだろう愛嬌のある仕草を自然と行える。彼はやはり平民の出自なのだろう。……悪い意味ではなくて、きっと温かな家庭と友人たちに囲まれて育ってきたのだろうと思った。

「……数々のご配慮、ありがとうございます。お言葉に甘えて、今日は自室にておやすみさせていただきます。バルトル様、おやすみなさいませ」

「…………」

今度はバルトル様がポカンとしていた。

「あ、あの、変でしたか？」

……わたしもウインクをしてみたのだけれど。

意外とこれが難しくて、顔が引き攣っていたのが我ながらよくわかる。きっとこれは彼が属する文化での友好の仕草だと思ったから、それに倣いたかったのだけど。

失敗してくしゃくしゃになった顔を晒していたんだろう。結婚して初めての夜、おやすみのときに妻がお見せすべき顔ではなかった。

「お、おやすみなさい」

恥ずかしくて慌てて自室に繋がる扉をバッと大きく開いて逃げ込む。バタンと扉を閉めると、そのままその場にうずくまった。

（は、恥ずかしすぎる。もう妙な真似はしないようにしよう）

頰に手を添えると、ひどく熱かった。

はあと大きくため息をついていると、隣の部屋からなにかを派手に落としたような大きな物音が数度聞こえてきた。

「……バルトル様、転んだりされたのかしら……？」

壁の向こうにいるバルトル様を思いながらハラハラと壁を見つめるけれど、そのあとは不自然なほど静かになってしまった。

二章　ロレッタと、成り上がりの旦那様

1．デートだ

翌朝――。いつもと違う景色を見て迎える朝に、わずかに戸惑う。

（ここが、わたしの部屋……）

シングルのベッドに、マホガニー製のクローゼット、小さな机。マホガニー材は最近流行りの素材で、あまりの人気に価格が高騰していると聞く。父が無理をして買っていたというのを母の愚痴として話には聞いていた。

（でも、きっと、バルトル様はこれを一式買い揃えても余裕のある財をお持ちなのだわ……）

まさかわたしのために買い揃えてくださったのだろうか。

ある子爵が所有していた邸を買ったという話だから、もしかしたら子爵殿がお持ちだった家具がそのまま残っていて、これがそうなのかもしれないとも思ったけれど、マホガニーの家具が我が国に本格的に輸入されるようになったのはごくごく二、三年ほど前のこと。そして、没落されたというお話から察するに、生活に困窮していたのであればそれらの家具家財は真っ先に売り払っていたと考えるべきだ。元々邸に置かれていた家具であるという可能性は低い。

バルトル様が新しく買われたのだと考えるのが、妥当だろう。

こんな高級品を、と身の丈に合わない支度をしていただいていたことに身震いした。が、すぐにわたしは頭を横に振る。

(いえ、わたし……ではなくて、迎え入れる貴族の娘のため、だわ)

それは同じ意味のようで、違う。わたしのためではない、そう考えるべきだ。

そう思ったら少し気持ちに余裕が出てきて、わたしはもう一度ぐるりと部屋を見渡す。

(よく見ると、かわいらしいお部屋だわ)

昨日は緊張が続いて、ただ床につくのみだったけれど――。

朝を迎えて、明るい状態で己に与えられた部屋を眺めてみると、家具のひとつひとつが優美なもので揃えられているし、ファブリックも華やかだった。

いったい、どんなことをお考えになりながら、バルトル様は貴族の娘を嫁に迎える支度をなされたのだろうか。

(……バルトル様は昨日の夜もわたしの気持ちを大事にしてくださった。……お優しい人なんだわ、きっと)

ぎゅう、と胸もとを握りしめていると、控えめなノック音が聞こえてきた。

「……奥様。お目覚めでしょうか？　朝のお支度をさせていただきます」

中年の女性の声に慌ててわたしはベッドから飛び起きると、彼女を迎え入れた。

侍女に朝の身だしなみを整えてもらうのは初めてのことだった。

「あ、ロレッタ。おはよう、寝れた？」

「は、はい」

案内された食堂ではすでにバルトルト様が着席されていて、そして彼は後頭部を摩っていた。……やっぱり、昨日のあの物音は転んでしまったからだろうか。バルトルト様は朝でも変わらず爽やかな青年という印象のお方だった。

二人で一緒に朝食をいただいたのちにバルトルト様は自らお屋敷の中を案内してくださった。意識的に家具を見てみるけれど、やはり、マホガニー製のものはわたしの部屋以外には置かれていないようだった。あれは花嫁のためにわざわざ用意したものなのだと、確信を強める。

屋敷から出て目の前に広がるのは広いお庭、大きな本邸から少し離れたところにある小さな家屋。なんでもそこが彼の仕事場らしい。

お屋敷巡りがひと段落して、居間にてお茶をいただきながらわたしたち二人は歓談する。

今日のバルトルト様のスカーフの色は濃紺だ。これもやはり上質なもの。光沢感のある生地がスカーフの立体感を高めて見栄えよく見せている。

……そう。今日もわたしはバルトルト様の髪をなかなかまともに見られずに胸元を一生懸命見ていた。

「お屋敷の中に工房があるのですね」

わたしはお庭にぽつんとあった建物の話題を切り出した。

「ああ。僕は魔道具の開発にたずさわっているからね。……知ってた？」

「はい。バルトル様のお名前は離れにこもっていたわたしの耳にも届いておりました。なんでも、魔道具の消費魔力を抑える画期的な仕組みを開発されたとか……」

「あはは、そうなんだ。おかげでいろんな人から睨まれた。……まあ、これはどうでもいい話なんだが」

睨まれた……というのは、嫉妬だろうか？　きっとわたしの父もバルトル様のご活躍を妬んで睨んだ一人だったことだろう、と思うとつい苦笑してしまう。

そんなことより、と仕切り直してバルトル様は咳払いをした。

「実は君との結婚に合わせて三日間ほど休暇をとっているんだ」

「まあ、そうなんですね……？」

どういう反応をすべきなのかわからなくて尻すぼみに答えるわたし。それを気にするそぶりもなく、バルトル様はニコ、ととびきりの笑みを浮かべられた。

「だから、今日はデートをしよう」

わたしはきょとんとする。

……デート……とは……。

意味は知っているけど聞き慣れない言葉を頭の中で反芻する。

「君はずーっと家の中にいたから城下町なんかには行ったことないんだろう？　君に見せたいものがたくさんあるんだ！　王都は広いぜ、面白いものがいっぱいある」

バルトル様はぐーっと長い両腕を開いて見せた。

「わ、わかりました。よろしくお願いいたします」

「よかった。そのために休暇をもぎ取ったんだ。僕は」

嬉しそうなバルトル様。お顔を見なくともきっとニコッと破顔されているのだろうというのが伝わるほどだ。

勢いよくグイグイとお話しされているから、つい頷いてしまったけれど……。なんだかその素直な反応が微笑ましく思えてわたしも思わずはにかんでしまう。

けれど、わたしはふとあることを思い出して顔を曇らせた。

「あ……でも……」

……外に着ていけるような服を、持っていないわ。

目線を下に落とすと、目に入るのは地味な色をした簡素なワンピースドレス。実家ではずっと離れにこもっていたわたしはこんな服しか持っていない。

俯いているわたしにバルトル様が声をかける。

「ねえ、ロレッタ。これを開けてみて欲しいんだが」

「ええと……これは？」

バルトル様がいつの間にやら使用人に大きな箱を運ばせてきていた。

「……まあ……！」

大きな赤いリボンを解き、箱を開けると中には可愛らしい紺色と白のツートンカラーのドレスが入っていた。濃紺色の靴も一緒に入っている。

（……バルトル様の今日のスカーフと同じ色だわ）

つい手に取ってしげしげと眺めてしまう。

「気持ち悪く思わないでくれよ」

「バ、バルトル様。こちらは一体」

苦笑を浮かべるバルトル様を見上げて問えば、バルトル様は目を細めて答えてくださった。

「君と結婚するのが楽しみでさ。実は君のお母さんから君の服のサイズとかは一通り聞いていたんだ。だからサイズは問題ないはずだ。君に似合うと思って用意していたんだ」

「そんな……」

「さて、君がこのワンピースを着た姿を楽しみに僕はロビーで待っていようかな！　侍女も呼んでおくから、ゆっくり支度をしてきてくれ。じゃあね！」

ぽかんとしている間にバルトル様はにこやかに立ち去ってしまった。

……お母様とバルトル様がそんなやりとりをしていたなんて。バルトル様との結婚について、お

話を進めていってくださっていたのはたしかに母だったけど……。

(……バルトル様、お優しい方だわ……)

そう思いながらも、ちくりと冷たいものが胸を刺した。

母のことを思い返すと、脳裏に浮かぶのは蔑むような冷徹な瞳ばかり。母はどんな気持ちで、わたしをこの人に嫁がせる支度を整えてきたんだろう。

今はバルトル様の優しさに素直に胸を弾ませるべきなのに……。わたしは脳裏に浮かんでしまって離れない母を振り払おうと小さく頭を振った。

「奥さま、失礼致します！　お支度、お手伝いさせていただきます。奥様のお部屋へ参りましょう」

「あっ……え、ええ。ありがとう、お願いするわ」

明るく弾んだ調子で声をかけられて、ホッとする。母のことは忘れよう。年若い侍女に導かれながら、自室へと向かう。

前を歩く彼女の揺れるベージュのおさげを見つめながらわたしは昨日彼女と会った時のことをそっと振り返った。昨夜、お風呂に入る前後の面倒を見てくれた侍女だ。

(……お名前は、たしか、セシリーさん……)

頬はふっくらと丸く幼さが残っていて、丸いつぶらな瞳が愛らしい。おそらく自分よりも若いはずだ。

自室につくと、彼女はテキパキと身繕いの支度を整え、わたしの着ていたドレスを手早く脱がして、コルセットをつけてくれる。「最近はウエストを絞りすぎないような簡単に着脱できるものが流行ってきているんですよ」などと話しながら、あっという間に着替えさせてくれた。

幼い見た目に反して、とてつもなく手ぎわのいい彼女の仕事に圧倒されつつ、なんとかお礼を口にする。

「あ、ありがとう、セシリーさん」

「奥様、どうか、わたくしのことはセシリーと！」

「ご、ごめんなさい、つい……」

――呼び慣れなくて。従者をこんなふうに呼ぶのは女主人としては適切な態度ではない。わかってはいるけれど……慣れるかしら。

どぎまぎとしているわたしに呆れた様子も見せず、セシリー……はニコニコと愛らしく微笑んでいた。セシリーは鏡台の前の椅子を引き、わたしに座るように促した。

「さあ、次はお髪《ぐし》を整えましょうね」

「あ……でも、わたしは……」

「髪が短くたって問題ありません！　編み込んで、髪飾りもつけましょう。どうぞわたくしにお任せください！」

セシリーは細い眉を大きくつりあげて、勝ち気な表情で自身の胸を叩いた。

水牛角製の櫛でセシリーは丁寧にわたしの髪をといてくれた。

「とってもきれいなお髪ですね。ふふ、編みやすそうです」

「あ、ありがとう」

「奥様。飾りはリボンとお花どちらがよろしいですか？　あ、お花って言っても生花じゃないんですけど！」

「え、ええと。……お任せするわ」

「了解です！」

セシリーは気合十分に頷いて見せて、そしていくつか髪飾りをまとめてしまっているらしい木箱の中からいくつか取り出し、わたしの髪に当てていく。

「今日はシンプルな配色でキメたドレスですからね。お靴も同じお色ですし。ちょっとだけ髪飾りで違う色を差して攻めましょう」

「せ、攻める？」

「シックな紺色ですからねえ……。でも、意外とビビッドなオレンジも合ったりするんですよ。ほら」

セシリーが太めの紺色のリボンの上に細いオレンジのリボンを重ねて見せてくれる。たしかに、より一層オレンジは鮮やかに見え、そして紺色がしっかりと印象を引き締めてくれるおかげか、派手には見えず、むしろシックな雰囲気を強めていた。

「奥様のおしとやかな雰囲気とかわいらしさを表すにはピッタリだと思うんですよね……。今日はこれでいきましょう！」

言うや否や、セシリーは再びテキパキとあっという間にわたしの髪の毛を二色のリボンを使って編み込んでいく。信じられないくらい小さな三つ編みを何本か作り、それを束ねて太く見せる。大きな太めの紺色のリボンで束ねた上に重ねるように、オレンジ色の細めのリボンをお花のような形に結んでくれて、完成らしい。

（あ……リボンでも、お花風に仕上げるのね……？）

「さーあ、できました！　奥様!!　かわいい！　かわいいです、素晴らしい！」

「素晴らしいのはあなたよ、セシリー……」

思わず感嘆の声がこぼれた。セシリーは大きくおさげ髪を揺らしながら首を横に振る。

「いいえ！　奥様という素材あればこそ！……あっ、すみません、素材だなんて……。失礼いたしました」

「そ、そんな、謝ることなんて……」

深く頭を下げた彼女に慌てて手を振る。

「わたくし……こういう……コーディネイトといいますか……。こういうことが好きなのです。侍女としてはまだまだ礼儀作法に疎く、以前の雇い主からは落第とよく言われておりましたが……。わたくし、センスの良さと手先の器用さだけでクビを逃れてきた身。ご縁あってバルトル様の使用人として紹介していただけたのです」

「は、はあ」

「とはいえ、バルトル様、ご本人はあんなにお顔がいいのに、まあ無頓着といいますか……。ですし、華もない……こんな環境でわたくしは……。お屋敷の中を自由に飾り立てていいよと言われたのはそれはそれでやりがいもあったのですが、でも、わたくしの本業はやっぱりかわいいものをもっとかわいくするのがお仕事というかぁ……。ちょっと、つまんないな、って思ってたところに奥様が来てくださったので……テンションがまろびでちゃうっていうかぁ……」

セシリーは堰を切ったかのように喋りだしていた。

「え、ええと、その」

「ごめんなさい！　気をつけます！　念願のかわいーい女主人ゲットだ、みたいな、そんな……」

「……」

……どう、返事するのが、正しいのかしら……？

ただただ、わたしは圧倒されていた。セシリーは「きゃー！　言っちゃった！」と愛らしく両頬を押さえてかぶりを振っていた。

困惑しつつ、ふと鏡に目線を戻すと、まるでわたしじゃないみたいな華やかな女の子がそこにいた。オレンジ色のリボンが差し色として活きている。いつもの……屋敷の離れで毎日見ていた自分よりも、顔色まで明るく見えた。

気にしていた短い髪も、きれいに編み込んでもらったおかげで、ずいぶんと華やかに見える。

「……本当に、すごいわ、セシリー。わたしの髪の長さじゃ、こんなふうに編んだりなんて、できないと思ってた……」

「ふふふふふ、わたくしはなにしろ、手先が器用ですので。バルトル様にも負けませんよ！　まあちょっと比べるにはジャンル違いですが」

えっへんと胸を張るセシリー。なぜかバルトル様のお名前を出したときに悔しげな表情を浮かべたけれど……技術者……？　としての矜持だろうか。

「さあさあさあ。バルトル様にもお披露目しましょう！　楽しみですね！」

「あ、ありがとう。セシリー」

満面の笑みで、セシリーはわたしを鏡台前の椅子から立たせると、小さな手のひらでわたしの背を押した。


「はー、今度は毛先だけウェーブさせたりとか遊んでみましょうねえ。うふふ」

（セシリーはえらいわ。まだ若いのに、こんなに仕事熱心だなんて……）

さっそく次の仕事のことを考えている彼女に、素直に尊敬の念を抱いた。

◆◆◆

「……うん、思った通りだ。とても素敵だ」

身支度を整えてロビーを訪れたわたしを、バルトル様はニコニコと迎えてくださった。

「あ、ありがとうございます。……わたしもとても気に入りました」

わたしも自然と顔が綻んだ。

整えてもらった髪につい無意識に手が伸びる。セシリーに素敵に編んでもらった髪はもちろん、家にこもって地味な服ばかりを着ていたから、最近の流行りの形のドレスを着れるのも嬉しかった。

こんなに良くしていただいてよいのかしらと戸惑ってしまうけれど、嬉しいものは嬉しい。妹のルネッタがしょっちゅう新しいドレスを着ているのを実は羨ましく眺めていたのだ。

顔を見なくとも、バルトル様が優しい眼差しで見つめてくださっている気配を感じて、わたしは頬が少し赤くなる。

「それじゃあ早速行こうか。城下町は僕の庭だよ」

差し出された手のひら。エスコートしてくださる……ということだろう。ちょっと緊張しながら手を取ると、指先の冷たさと、指の腹が思ったよりも硬い感触で少し驚く。彼の柔和に整った容姿からは少し想像つかない感触だった。

（……魔道具作りをされているからかしら。こんなにタコができるのね……）

なかなか握り返せないでいるわたしの手を、バルトル様はしっかりと握りしめてくださった。

城下町は彼が言った通り、とても大きくて賑わっていた。立ち並ぶ屋台や建物、行き交う人々の数。

思わず目を丸くして夢中で眺めてしまう。そんなわたしの反応を見てか、バルトルト様は「へえ」と呟いた。

「……本当に初めてなんだね？　こういうところに来るの」

「は、はい。お恥ずかしい限りですが……」

「いいや。それじゃあ絶対に迷子にはできないな。今日がいい思い出になるように頑張るよ」

「あ……ありがとうございます」

繋がれた手のひらの力がギュッと強まる。ますます彼の手のひらの大きさと意外な硬さを意識させられる。

そして屋台街を歩き始めてすぐ、威勢のいい声が投げかけられた。

「……おうい！　バルトル！　珍しいな、女の子と一緒かい！」

「おい、女の子、なんて言うなよ。この子は僕のお嫁さんだよ」

「はっ!?　お前、結婚したのかよ！　なんで言わねえんだ！」

「まだ式は挙げてないからね！　その時になったら教えるさ」

「ハハッ、お前さん男爵になったんだろ！　お貴族サマがこんな貧乏店主なんてのをご立派な式に呼べんのかよ！　ほれ、そんじゃコレはお祝いだ！」

「きゃっ」

並んだ屋台の一軒からバルトル様に声をかけてきた店主さんが、わたしに丸いなにかを放り投げてきた。なんとかキャッチする。赤い……りんごだ。

「ナイスキャッチ！……おい、いきなり投げるなよ、乱暴だな」

「わりぃわりぃ！　ほら、コレも持ってけ！」

「あ、ありがとうございます」

店主さんはポイポイと大きなオレンジも手渡してくる。見たところ、彼は果物や野菜を売っているらしい。八百屋さんのようだ。

（……バルトル様の馴染みの方なのかしら？）

顔に刻まれたしわは深いけれど、笑顔がとても朗らかな、恰幅の良い中年の男性だった。

大きな声で笑いながら、彼はバルトル様の背を叩いていた。

「おいおい。くれすぎだよ、お金払うって」

「はは、今更気にすんなよ。ちっちぇえ頃はさんざコソドロしやがってたろ」

「ああもう、払わせて！　あの頃は悪かったよ！　なにも今言わなくてもいいだろ！」

バルトル様は王子様めいた印象を受ける物腰を崩して、眉をつりあげ大きく口を開けて店主さんとやりとりをしていた。

（……コソドロ？）

彼とはとても結びつかないような単語に思わず目を丸くしているうちに、わあわあと大きな声が周囲から聞こえてきて、その言葉について考える間もなくなってしまう。

「おう、バルトル！　とうとう結婚か、あのやんちゃ坊主が！」

「一丁前に見栄張ってら！」

八百屋の店主さんの大笑いにつられて、続々と他の屋台からも笑い声が響いていく。

横目で見やると、バルトル様ははあと大きくため息をついて、顔をわずかに赤くしていた。

「あの、バルトル様……」

「……まあ、ここは僕の庭ってことさ」

言葉を濁すバルトル様。

わたしは自然と目を細めていた。

「……ここで、たくさんの方と関わりながら大きくなられたのですね」

「……うん、いいね。ものはいいようだ、その言い方はいいね。今後僕もそういう言い方をするようにしよう」

……もしかしたら、だけど。バルトル様はとても苦労をしながらお育ちになったのかもしれない。

「まあでも、ここはもういいや。雰囲気はわかったろ？　この辺りは市場通り、店の質はピンキリ。特にこの辺の一角は……だ」

バルトル様はちょっとシニカルに口角をあげて苦笑いする。

「はい。ご紹介くださってありがとうございます」

「さて、次はもっと雰囲気のいいところだよ。噴水広場がこっちにあるんだ」

硬くて、ヒヤリとした手のひらが再びわたしの手を摑んだ。


続いて、バルトル様に手を引かれてやってきたのは大きな噴水広場。

大小の建物が建ち並ぶ中、そこは広く拓けていて、陽当たりがとてもいい。日差しを受けて噴水のしぶきがキラキラと輝く。噴水の中央には大きな日時計がしつらえられていた。

周りにはベンチと食べ物の屋台が並んでいて、ちょうど昼時なこともあって多くの人が噴水の周りに座ってなにかを食べながら歓談しているようだった。

「あそこの屋台のクレープはおいしいよ。ご馳走しよう」

「クレープ……ですか」

「食べたことない？」

コクンと頷く。バルトル様はそうか、と言いながら、繋いだ手のひらの力をわずかに強めた。

「苦手なものはないかな？　食べられないフルーツは？」

「嫌いなものはありません」

「好きなフルーツは？」

「……ええと、イチゴが好きです」

「うん、じゃあイチゴのクレープだ。かわいいね」

……かわいい？　なにがだろう。

そう言われてちょっと怪訝に思ったけれど、わたしはすぐに納得した。

「はいよ、お待ち！」

「まあ……」

威勢のいい声の女将さんから渡されたクレープなるもの。真っ白な生クリームに点々と乗っけられた真っ赤なイチゴ、それをクルクルと包んだ乳白色の薄い生地。きれいだし、華やかな見た目でとてもかわいらしい。

バルトル様はこのことを仰っていたのだ。

「……本当。かわいいですね、イチゴのクレープ」

合点承知してクレープを見つめながらそういえば、バルトル様は苦笑をこぼしたようだった。

「……うーん、君はちょっと、そういうとこがあるのかな？」

「え？」

「いや、かわいい分には大歓迎だ。気にしないで」

……どうしてそうクスクス笑われるのかしら？

「こうやってね、かぶりついて食べるんだ」

「は、はい」

いつまでもクレープを眺めていたのは、食べ方がわからなかったからというわけじゃない。バルトル様があまりにもわたしを微笑ましげに見ていらっしゃるから、なんとなく居心地が悪くて食べづらかったのだった。けれど、言われたとおり素直に頷く。

おずおずと促された通りに大きく口を開いて頭から齧り付けば、口いっぱいにふわりと甘くて柔らかい感触、そして噛み締めるとイチゴの甘酸っぱい味が心地よく染み渡る。

「……おいしい」

「それはよかった」

素直な一言が思わずこぼれ出た。

バルトル様はオレンジがちりばめられたクレープをお食べになっていた。柑橘の爽やかな甘さも、たっぷりの生クリームとはきっと相性抜群だろう。

こぼさないように気をつけながらクレープを食べ進めていく。おいしい。けれど油断をすると生クリームが生地の端からこぼれ落ちそうになって大変だ。これは真剣に食べなくてはならない。

「あはは、バルトル。かわいい彼女だね。どこで見つけてきたんだい？」

「ありがとう、内緒だよ」

「おや、気障ったらしくなったと思ったら秘密主義かい！　すっかりお貴族様になったね！」

クレープ屋の女将さんが大きな声で笑う。

「……」

ふと、思う。

わたしは黒い髪だし、長さも短い。セシリーがとっても素敵に結ってくれたおかげで、みっともないとは思われてはいないだろうけど。

（街の皆さんたちはわたしが貴族の令嬢だったとは思っていないでしょうね、きっと）

貴族の女性は大抵は髪を伸ばしている。けど、平民であれば短い髪もそう珍しくもない。

……でも、そう思われていた方が居心地は良いかもしれない。

バルトル様の街のお知り合いの方々がこんなふうに気さくに話してくださるのも、彼らがわたしのことを平民の娘だと思っているから……というところも大きいと思う。バルトル様のお知り合いはみなさん、良い方ばかりなのだろうけど。でも。

「ロレッタ。食べ終わったらまた少し歩こうか。疲れていない？」

「あ……はい。大丈夫です」

バルトル様に声をかけられて、ハッとする。慌てて最後のひとかけを口に放り、飲み込んで差し出された彼の手を再び取る。

「慌てて食べなくてもよかったのに」

「す、すみません。つい」

「いいよ。ゆっくり歩こうね」

頭上から降ってくる優しい声に、どきりとしながら頷いた。

それからは、のんびりと歩きながら街並みを楽しむこととなった。

バルトル様は観光名所になっているという古い物見の塔に案内してくださった。

「階段を登るのも風情があるが、ここはありがたく文明の利器を使おう」

「……」

ぽん、とバルトル様がパネルに触れる。少し時間があったのち、ガチャンと音を立てて重たげな鉄の扉ごしになにかが目の前に到着した。パネルが点滅し、扉が自動的に開く。

初めて見た。自動昇降機《エレベーター》だ。

「こ、これも、魔道具なのですよね」

「ああ。全くすごいものがあるもんだ」

どこかバルトル様は他人事のように呟かれた。

「バルトル様はこういったものも作られるのですか？」

「うーん、僕はどちらかというともう少し生活に身近なものの改良がメインかな。こういうのは便利は便利だが、活躍する場所がちょっと限られるからね」

少し話しているうちに、あっという間に高い塔の最上階まで到達する。

「さっ、降りよう。ここからは街が全て見下ろせるよ」

バルトル様が先に降りてわたしを導いてくださる。

自動昇降機《エレベーター》を降りると外を遮るものは転落防止の柵以外に無く、大きく広がる青い空に囲まれていた。それだけでも圧倒されるというのに、見下ろせば先ほどまで歩いていた城下街が一望でき、なんとも見事だ。

「……すごい……」

「いいタイミングで来たね。いつもは他に何人かがいるんだが、二人っきりだ」

風に煽られてバサバサとスカートが揺れる。

景色はいいけど、風が強い。ふらついてしまったわたしの身体をバルトル様が支えてくださる。

——けれど、わたしは思わずビクッと肩を震わせ、彼を避けるように身を縮こませてしまった。

「あ……す、すみません」

よろめくわたしを支えようと、それで腰を引き寄せられただけなのに。それに、夫であるその人に対して失礼な態度を取ってしまった。

萎縮し、わたしはすっかり俯いてしまった。

彼の磨き上げられた革靴の先だけしか目に入らない。

「……ねえ、ロレッタ。デリケートなことを聞くよ」

「は、はい」

「君はもしかして、男性が怖い？」

ぎゅ、と手を握り締める。

……バルトル様がそう思われるのは当然のことだ。

わたしはまともに彼の顔を見ないし、話すたびに口ごもったりしてしまうのだから。

「……こ、怖いかは、わかりません。あの、わたしは、ずっと屋敷の中におりましたので、異性はもちろん……そもそも、あまり他人と接したことがなかったので……」

「そうか」

どう答えるべきか、悩んでみてもよくわからず、ただ素直に答えた。

男性が怖いというわけではないし、ましてやバルトル様を怖がっているわけでもない。

……わたしが怖いのは……。

（……）

なにが怖いのかは、ハッキリしていた。ただそれを口にしてしまうことすら、怖いと思ってしまう。

「どうも、僕は君を怯えさせているようだから」

「……申し訳ありません」

バルトル様の革靴が乾いた音を立てて、一歩、一歩とわたしに近づいてくる。

「僕の、顔？　いや、目かな？　君は僕のことをあまり見上げないまま話すよね」

「……その」

バルトル様は聡明な方だ。わたしの不自然な目線に気づいて、当然だろう。

こうして改めて言われると、申し訳なさに胸が締め付けられる。こんなに優しい方なのに、わたしはひどく失礼な態度をとり続けているのだから。

恐る恐る、顔を上げようとして、でもバルトル様の口元が目に入るところでわたしは固まってしまった。

「……」

口を開いても震える声しか出ない。けれど、この優しい彼にせめて本当のことくらい言わなくてはあまりにも不誠実が過ぎる。

「お髪の色が、実は」

「……髪?」

なんとか絞り出した情けない声。バルトル様はきょとんとして、それから「ああ」と言いながら髪を一房つまんだようだった。

「ブロンドヘアーはお嫌いかな。君が嫌いなら、染めちゃおうかな」

「えっ、そ、そんな!」

「君を怖がらせる髪なんていらないよ」

「いえ、その」

髪の毛は、その人の持つ魔力の特徴を映す。金色の髪は父やバルトル様のように電気の魔力。火の魔力を持っていれば赤い髪、水であれば青、風ならば緑……など。

魔力を持たない平民のほとんどは、黒か濃い茶色の髪の毛をしている。ごく稀に、魔力を持っていなくても色味が金髪や赤に近い髪色だったりすることもあるけれど……。例外は少ない。

わたしだって、魔力なしの証の黒髪なのになんの役にも立たない魔力だけはあるのだし、必ずしも髪の色が全てではないのだけど……。

……魔力を持った人間にとっては、自分が生まれ持った髪の色というのは、大事なものなのだ。自分の力を示すものなのだから。

(それを、染めるだなんて……！)

わたしは俯いたまま、震える手でスカートの裾を握り締めていた。

やがて、バルトル様は口を開いたようだった。

「悪いね。困らせてしまった。それじゃあ、染めるのはよしておこうかな」

「す、すみません」

「君が謝ってはいけないよ」

わたしは、どんな顔をしていたのだろう。見るからに困りきった顔でもしていただろうか。

「……き、聞かないのですか？　なんで、金色の髪が怖いのか」

「いいや？　話したいのならいくらでも聞くけど、君が苦手なものの理由をわざわざ聞くほど僕は野暮じゃないんだ」

バルトル様は目を細めて、微笑んだ。

「君のことを、教えてくれてありがとう」

「……っ」

わたしは息を呑んだ。

そう言って微笑んだバルトルト様のお顔は、わたしが見たこともないような、優しいものだったから。

（……お父様とは、全然違う……）

――バルトルト様が「髪を染めようか」と言った時、わたしは反射的に顔を上げて彼の顔を真っ直ぐ見つめてしまっていたのだった。

そしてそのまま、彼から目が離せなくなっていた。わたしは今も彼の整った顔も、ブロンドの髪もしっかりと見つめ続けていた。目を逸らすことなどなく。

風にたなびく金の髪。

陽の光を浴びて輝くその金糸を眺めて、わたしはふと気づく。

彼の髪は父と同じブロンドヘアーと思っていた。けれど、父の色よりもバルトルト様の髪の色のほうが鮮やかでハッキリとした色をしている。

バルトルト様の髪は美しかった。父の髪とは、全然違う。なんで同じと思い込んでいたのだろう。

なぜか、じわと目頭が熱くなる。

彼を見つめながら、わたしの胸はトクトクと音を奏で出していた。

2.あなたの仕事を知りたい

昨日はとてもよく眠れた。お風呂をいただいた後、倒れるようにそのまま寝てしまった。

翌朝を迎えて朝食の場でお会いしたバルトル様は変わらない爽やかな微笑みを湛えていた。

「昨日は疲れたろ？　今日は家の中でゆっくりと過ごそうか」

「はい。ありがとうございます」

バルトル様の労いはありがたい。実は、足が痛かった。筋肉痛だ。

「……昨日もずっと気を遣っていただいていてすみません。その……とても楽しかったです」

「その一言を聞けたんなら十分どころか最高だ。こちらこそありがとうだよ」

オーバーなバルトル様のお言葉に自然と目が細まる。

「よかったら今日も君と一緒にいれたら嬉しいんだが……」

バルトル様は『三日間』休暇を取られたと仰っていた。

わたしを実家に迎えに来たのが一日目で、昨日が二日目。今日がバルトル様の休暇の最終日だろう。

「はい、もちろんです」

わたしが頷いてみせると、バルトル様は文字通り顔を輝かせた。

「はあ、よかった！　いや、君がもう今日はずっと寝ていたいって言うならそれでもよかったんだけど。でもせっかく新婚さんなんだ。一緒にいれて嬉しいよ」

「……そ、そんな。……その……」

バルトル様の言葉は一つひとつが大袈裟に過ぎる傾向がある気がする。でも、正直、悪い気はしない……のは彼の持ち前の人格の良さなのだろうか。

（……そうだとしても……）

ただ、そういうふうに、本当に嬉しそうにされてしまうと、頬が熱くなってしまうから少し控えてほしい……気もする。

「居間でゆっくり過ごしてもいいし、君とボードゲームで遊んでみるのも楽しそうだし、庭でのんびりしてもいいね。昨日も案内したけど、屋敷の中を探検してもいいよ」

「……では、差し支えなければなのですが……バルトル様の工房を拝見してみたいです」

わたしの提案に、バルトル様はほんの少し目を大きくして瞬いた。

◆◆◆

「まさか僕の仕事場を見たいというとは」

お庭を少し歩けば工房にはすぐ到着する。ガタンと重たげな音を立てながら扉をバルトル様が開いてくださる。横開きのつくりらしい。

魔道具は大きいものも多いから、横開きの方が運搬するときに都合がいいのだろうか。

扉を開くと、金属と油の臭いが鼻をつく。でも、嫌じゃなくてワクワクとさせるものだった。

中に入ると、不思議と落ち着く感じがした。

……実は少し、ここはわたしが過ごしていた離れに雰囲気が似ているなあと思ったのだ。大きさはバルトル様の工房の方が断然大きいし、ご立派だし、人が住むためのものでなくお仕事をするための場所と、違いはたくさんなのだけど、お庭の中にポツンと建つ建物というだけでわたしは既視感を覚えてしまっていた。

「すみません、神聖な仕事場に」

「全然いいよ、僕の仕事に興味を持ってくれて嬉しい」

バルトル様はニコニコと笑ってわたしに工房の中を案内してくださる。

「僕は基本的には改良開発を中心に行っているんだ。一般に流通するような製品の製造は街にもっと大きな工場がある。国から依頼があれば出張で大型の魔道具の開発をしに行くこともあるかな」

「……いろんなものがありますね」

いろんなもの、と拙い表現しかできないのが恥ずかしい限りだけど、本当に色んなものがバルトル様の工房にはたくさん並んでいた。

大小さまざまな魔道具。外装がついておらず中身が剥き出しになったものも多く、見ただけではなんなのか正体がわからない。

キョロキョロと落ち着きなくあたりを見回してしまうわたしをバルトル様は温かい眼差しでニコニコと眺め、わたしの好きなように工房の中を見せてくださった。

「元々、魔道具は……電気の力がなければ動かないものだった。けれど、一般に広く流通させるために、電気以外の力でも動くように改良したのが今の魔道具だ」

「はい」

『異界の導き手』と呼ばれたかつての偉人。彼の功績については物心ついたばかりの幼子でもみな知っている。

「ただし一部の魔道具についてはどうしても電気の魔力を流さないと動作しないものもあるんだけどね。水質管理システムの機材とか、国が管理している大型の機械の多くはそうだ」

聞きながら頷く。我が家はそういった機器を動かすために電気の魔力を国に納めて報酬を得ていた。

……わたしがいなくなっても、ルネッタはきっと困ってなんていないんだろう。国に渡す魔力の糸については『電気』の魔力で紡いだものと指定があったから、それについてはお父様とルネッタが紡いだものを渡していただろうし……。

（わたしがいなくても、ルネッタはもう、自分で糸を紡げるように……とっくになっていたのだから）

不貞の子のわたしよりも、ちゃんとアーバン家の血を引いているルネッタのほうが、優れた糸をたくさん作れるに決まっている。

そんなしみったれた思いに思考が支配されかけそうになっていることに気づいて、わたしはそっと小さくかぶりを振った。

——今はバルトル様がお話をしてくださっているのに、そんな他所《よそ》ごとを考えているのは失礼だわ。

わたしは集中して、彼の言葉に耳を傾けた。

「魔道具を開発した彼……もう数百年経つけれど、未だ誰も彼の発明に追いつけないんだよね。どうしてこんな装置の数々を思いついたんだか。本当に異界の住人だったとしか思えないよ」

「彼については功績は数多く語られていても、その出自については明らかではないのですよね」

「そうなんだよ。こんなとんでもない発明家、天才なんて一言じゃ片付けられない。彼がいるせいで僕は『天才』とは名乗りづらいんだよ」

片目を細めて、バルトル様ははあと大きくため息をつく。

バルトル様もまだ年若いながら功績を残されている立派な『天才魔道具士』だと思うのだけれど……でも、だからこそ、偉人に対するプライドもあるのだろう。

バルトル様は「ついてきて」と短く言うと、工房の奥にまで歩みを進めた。

「ロレッタ。これ、ちょっといじってみないか？」

「……ええと、これは……」

「ここところこの線をココに繋いでごらん。はい」

作業台に案内され、バルトル様に小さな……基板と工具を手渡される。

バルトル様に言われるままに赤い線と黒い線を繋いでみる。

「で、ここに電気を流す」

「わっ」

バルトル様が親指と人差し指を軽く擦るとバチバチと火花が走る。バルトル様は電気の魔力を持っている。パチパチと音のなる指で線をつまむと、線の先にある小さなランプに灯りがついた。

「こんなのは子ども向けの工作なんだが、これが魔道具の基礎だよ。今流したのは電気だけど、魔力の糸を使えば属性に係わらず魔力が流れることによってここのランプが点く」

今度はバルトル様はどこからか魔力の糸を取り出して線に絡ませた。すると、またランプは光り出す。

「これを色々応用して、色んな魔道具は作られているってわけ」

「なるほど……」

面白い。わたしは素直に嘆息した。

この線に繋がれて魔力が流れていき、ランプが点るという仕組み。今までなぜ魔道具は動くのか、どのようにして動いているかなど考えたこともなかった。

（こういう仕組みになっていたのね……）

でも、ランプが点くのはともかく、魔力で物が動いたりするのはなんでなのかしら？

ついしかめ面で装置を見つめてしまう。そんなわたしにバルトルト様は「どうしたの？」と不思議そうに声をかけてくださった。おずおずと気になったことを口にしてみる。

「……その、魔力によってランプが点く……のはなんとなくわかるのですが、扇風機のように電気を流すことで羽が回ったり、冷蔵庫のように中を冷たく維持したりする仕組みというのはどうなってるのでしょうか……」

「それが気になる？」

頷き、そしてバルトルト様を見上げると、キラキラと輝く青い瞳と視線がかち合った。

「それはね、モーターが動いているんだよ。で、どうして電気……いや、魔力でモーターが動くかというのが疑問点なのだと思うけど、これは実は磁石が関係しているんだ。磁石は知っているよね？　S極とN極。これをくっつけようとしたとき違う極同士なら引き合うけれど同じ極同士だと反発し合うわけだが」

「は、はい」

磁石？

……魔道具の仕組み、どうして魔力で動くの？　という話で『磁石』が出てくるとは思わなかった。頭に疑問符を浮かべながら必死にバルトル様のお話を聞く。

「実はね、鉄にコイルを巻いて魔力を流すことでそれが磁石と同じ作用を持つようになるんだ。それで……引き合う力と反発し合う力が連続することで……」

「は、はい……」

どうして、どうして磁石？　電気、魔力……磁石？

磁石にひっかかったままのわたしを置いたままバルトル様は滑らかに『魔道具の仕組み』について解説を続けていかれる。

「……ああ、で、君がさっき言った冷蔵庫なんかはさ、ペルチェ効果というのがあるんだけどね、それを利用していて……」

「はい……。はい、はい……!?……」

——どうしよう。バルトル様の仰っていることがどんどんわからなくなってくる。

バルトル様がとてもイキイキとしていらっしゃるということしかわからない。

◆◆◆

「……っと、ごめん。つい話し過ぎたな。魔道具について、どうだい？　わかった？」

正午を知らせる王都の鐘が鳴り、バルトル様は我に返ったようだった。瞳は変わらずキラキラとして期待を込めてわたしを見つめている。

……申し訳ない。とは思うけど、わたしは素直に答えることにした。

「……ごめんなさい、その、あまりわかりませんでした」

「いや、ごめん。つい楽しくって調子に乗ってしまった！　気にしないでくれ、よく言われるんだよ、僕の話はわかりにくいって」

バルトル様は照れ臭そうにアハハと笑いながら頭を掻いた。

わからないと言われても気分を害した様子のないことにホッとする。あれだけ楽しそうにお話しされていたのに「わからない」と言ったら、きっとガッカリさせてしまうと思ったのに。

バルトル様のお心の広さになんだか胸が温かくなった。

そして、わたしは「あの」と切り出す。

「ですから……もしも、そういうものがあればなのですが、魔道具について書かれているご本があればお借りしてもよろしいですか？」

知らない単語も多くて口頭の解説では頭がついていかなかったけれど、じっくりと文字で読んでいけば少しは理解できるかもしれない。

「君は本を読むのかい？」

「はい。実家で過ごしているときは……たいてい本を読んでおりました」

本を読んでいるか……お母様から『淑女教育』を受けているか、もしくは糸を紡いでいるか、だったけれど。糸紡ぎのことは一応伏せておく。あの家ではわたしに与えられた仕事はなかった。……アレは妹が「自分のもの」としてお父様に渡していたのだから。本当は、あの家でわたしが持っている役割なんて、なにひとつなかった。だから、あえて言わなくても問題ない。

バルトルト様は一瞬驚いた顔をして、でもすぐに嬉しそうに破顔された。

「本なんていっぱいあるよ！　そうだな、色々あるが、魔道具の基本的な構造について書かれているものがいいよね。少し待ってて」

いそいそとバルトルト様は工房の壁に並ぶ本棚を物色しだす。

「これは比較的発行が新しくて図説も多いから初めて読んでも理解がしやすいと思うよ。書いてることがわけわからなくても絵を見てたら楽しいし」

「あ、ありがとうございます」

バルトルト様が差し出してくださった大判の本を受け取る。大きな文字で『よくわかる！』と表紙に書いてあり一目見て初心者向けと分かる。

それから、バルトルト様は「ええと」と少し気恥ずかしそうに背中から一冊の小さな本を取り出した。

「……こっちは僕が初めて読んだ本だ。だから、君に渡すにはちょっと気が引けるくらいぼろぼろなんだけどさ」

「まあ」

カバーもついていない小さなその本は日焼けしきっていて、真っ黄色だし、表紙が千切れていたり、角も丸くなっていた。

「……こちらの本も、お借りしてよいですか？」

「うん。ぼろぼろだけど、いい本だよ。実はこっちの方がオススメだ。ぼろぼろなせいでちょっと言いにくかったけど」

そう言ったバルトル様の笑顔はとても嬉しそうで。わたしもニコリと微笑んで返す。

「ありがとうございます。大切に読ませていただきます」

きっと、バルトル様が幼いときから大事にずっと読まれていたご本なのだろう。そう思うと、気づけば自然と抱き締めるように抱えていた。

3．アーバン家の暗雲

「……え？　これだけ……ですか？」

「はい。契約通りの金額ではありませんが……今月ご提出いただいた魔力の糸の量に準じた金額にさせていただいております」

「……そうですか、わかりました」

国の役人に魔力の糸の納品を終えたアーバン家当主ザイルは想定よりも薄い札束を受け取り帰路についた。

「おい、ルネッタ。国に渡す魔力の糸の量が減っているようだが」

「……お父様」

屋敷に戻って早速、ザイルは娘ルネッタに声をかけた。

もうすでに後払いの契約で当たり年のヴィンテージワインを買ってしまったところだ。もらえると踏んでいた額の金がもらえなかったのは痛い。

まあ、今月については不貞の娘を売り払った金があるから大事には至らないが。

「……ごめんなさい、お父様。ちょっと、調子が悪くて……」

ルネッタは美しい顔を曇らせて、小さい声で言った。

「ふむ、たまにはそういうこともあるだろう。ルネッタ。おまえは父の私よりも強い力を持っているんだ。その力、活かさぬわけにはいかないぞ」

ええ、と短く返事をしたルネッタだが、突如パチンと手を叩くと一転顔色を明るくさせて、ブラウンの瞳を輝かせて父を見上げた。

「そうだわ、お父様！　そろそろ自動繰糸機《じどうそうしき》を新しいものに替えませんか？」

「繰糸機を？　しかし、アレは高いからな……」

「でも、お姉さまが嫁いでいったお金があるでしょ？　ほら、お姉さまを養うお金も浮いたのだし。いいんじゃないかしら？」

「ううん……そうは言ってもな……」

猫撫で声で擦り寄るルネッタに対してザイルが言葉を濁していると、居間の扉をコンコンとノックする音が響いた。

「ザイル様。コルジット商会の方がいらっしゃっております」

「おお！　そういえば今日は約束の日だったな。よし、いつもの部屋にお通ししてくれ。私もすぐに行こう」

執事の呼びかけにガタッと音を立ててザイルは席を立つ。被せるようにコホン、と後ろから咳払いがされた。

ザイルが振り向けば、妻マーゴットが気難しげに眉間に皺を寄せていた。

「……あなた。いつまでもそう金遣いが荒いのは困ります。ロレッタも嫁に出て行ったし、ルネッタもまもなく家を継ぐ年です。そろそろ蓄えも作らねば、また借金に苦しむことになりますよ」

「フン、ルネッタさえいれば金には困らんさ。電気の魔力は有用性が高い。高く売れる。まあ……お前の火の魔力も悪くはないが、魔道具を稼働させるのに一番適しているのは電気の魔力だ。ルネッタは俺よりも優れた魔力を持っている。なんの心配もいらんよ」

「今月我が家が国に納めた魔力の糸の量はちゃんと把握されていますか？　先月までとは大違いですよ」

「お前も聞いてたろ？　ルネッタは調子が悪かったんだ。具合が悪かったんじゃしょうがない」

妻はしかめっ面を続ける。美人だが、相変わらずつまらない顔ばかりする女だなとザイルは呆れてしまう。

まあ、この女もルネッタのような優れた娘を産めたのだから全くの役立たずというわけでもなかった。とはいえ、すでに役目を果たした女だ。ザイルは妻に愛情の類はなかった。

ルネッタの魔力継承の儀が終わったら、この女とも離縁をして若い女を後妻に取るかと考え、ザイルは頬を緩めた。

◆◆◆

「……なによ、お父様ったら。自分が好きなものには小金を使うくせにケチったら」

ルネッタは自動繰糸機の置かれた部屋に一人佇んでいた。

魔力の注入口に魔力を注ぎ込む。今日だけで、もう何回も繰り返した。

けれど、繰糸機が吐き出す魔力の糸はほんのわずかだ。

無理に身体の中の魔力を搾り出し続けたせいで気持ちが悪くなってきたルネッタはずるりとその場にしゃがみ込む。

自分が必死に繰糸機に紡がせた魔力の糸は、姉があの離れで、時代遅れな手巻きで紡いでいた量の半分にも満たない。

「……絶対に、機械の調子が悪いのよ……」

母の不貞でできた姉、野良犬を父に持つ黒髪の女。平民と同じ色の髪のくせに、なぜか魔力だけはあるあの女。

なんの力も使えない気味の悪い魔力。それで紡がれた魔力の糸。

ルネッタはそれを「自分が作ったもの」として父に渡していた。

出来損ないの姉が紡いでいた魔力の糸。

あんなものより、アーバン家の血を引いた正当な貴族である自分が紡いだものの方が良い出来に決まっている。一日中暇だからバカみたいな量を紡いでいたけど、あの姉ができるのだから、自分にも当然アレくらいの量の糸は作れるのだと、そう思っていたのだが。

姉に糸紡ぎを任せていたルネッタは、自分が魔力の糸をどれほど作れるのかを把握できていなかった。

「……お姉さまより私が劣っているだなんて、あり得ない……！」

ルネッタは母によく似た美しい顔を歪ませた。

三章　バルトル邸での生活

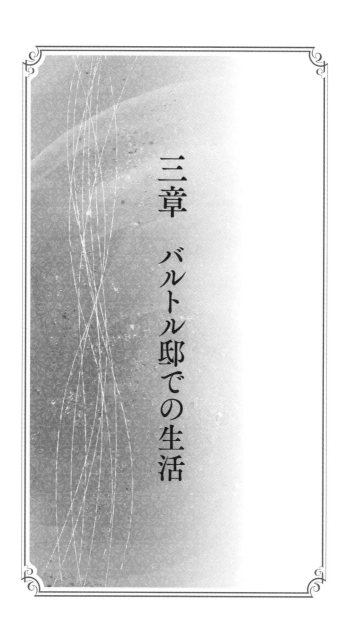

1．本屋さんにて

「うふふ、奥様！　今日もバルトル様とお出かけですね！　たくさんおめかししましょうね！」

「ありがとう、セシリー」

　バルトル様の元に嫁いで、一ヶ月。セシリーはすっかりわたしの専属侍女……ならぬ、専属ヘアメイクさんになっていた。バルトル様の邸の使用人はそう多くはない。セシリーの他は侍女長をしてくれている中年の女性と、男性の使用人が数名。シェフなども含めて数えても、十名に満たない程度だ。

　支度を終えて、ロビーに現れたわたしに、バルトル様は今日も素敵な笑みを投げかける。

「いつもかわいいけど、おめかししてるともっともっとかわいいね。服も、髪も、全部君に似合ってる」

「あ、ありがとう、ございます。……セシリーのおかげです」

『当たり前』のようにセットで投げかけられる甘い言葉に返して言うと、バルトル様は少しだけ眉を上げて見せた。

「まあ、セシリーは髪の毛いじりもメイクも上手だからね。でも、そのドレスを選んで買ったのは僕だよ」

「えっ!? そうなのですか!?」

「そうだよ。あれ、そんなに驚く？……セシリーにアドバイスはもらったけどね」

「あ、ありがとうございます……。セシリーはそういうことが好きですから、てっきりわたし、ドレスも全てセシリーが見繕っていたのかと……」

「無理もない、この手のことはセシリーのイメージが強すぎる」

バルトル様は目を眇めながら苦笑いした。わたしに向き直ると、今度は少し勝ち気に眉をあげて言い直す。

「君に似合うだろうなと思ったものを選んだんだ。そんなわけだから、実際似合うのは当然といえば当然なんだが。セシリーにはセンスが悪いって言われるけど、僕もなかなかだろ？」

「はい。わたし、素敵なドレスをいつも着せていただいていて……とても嬉しいです」

迎えにきてくださったあの時まで、一度も顔を合わせたことがなかったのに、よく似合うものを選べるなあと感心する。

（……母からわたしのことを、よく聞いておいてくださっていたのかしら……）

そっとドレスの布地に触れると、どれほど良質の生地を使っているのかよくわかる。手触りはよく、厚みがあって、そして縫製は美しく施されている。あの離れで過ごしていた時には、まさかこんなドレスを着させてもらえる日が来るなどと考えたことがなかった。

（……わたし、バルトル様がいらっしゃらなかったら……ずっとあそこにいるつもりだったのかしら）

振り返ってみても、その時のわたしがどう考えていたのかはわからなかった。

いや、なにも考えていなかったかもしれない。

ただただ毎日、妹のためだと思って糸を紡いで、母から『淑女教育』を受け、父からは疎まれて。

そのまま一生を終えるつもりだったのだろうか。

いつかは妹は婿を取るだろうし、父と母も年老いていく。そうしたら、わたしの離れでの生活もあのままではなかったはずだ。そんなことも、あそこにいた時のわたしには、思い至らなかった。

ここまで考えて、なぜだかわたしはゾッとした。

どうして、わたしは未来のことをなにも考えていなかったのだろう。他ならぬ自分のことなのに。

「ロレッタ。行こうか」

「はい、バルトル様」

バルトル様のよく通る声で名前を呼ばれ、ハッと我に帰る。

彼の優しい眼差しに応えたいと思って、わたしは小さく口元に笑みを浮かべた。

バルトル様の屋敷は王都の高級住宅街に位置している。少し歩けばすぐに中心街に行き着いた。

賑やかな王都の街を二人並んで歩く。

バルトル様とこうして街を歩くのは、かれこれ何度目のことだろう。バルトル様はお忙しそうにお仕事なさっているけれど、わたしのために時間を作ってはこうしてわたしを外に連れ出してくれるのだった。

バルトル様は「冷やかされるのは嫌だ」なんて言いつつも、ほとんど毎回わたしのことを馴染みの屋台通りに連れて行ってくれた。

彼のことを気安く「バルトル！」と呼ぶ人たちはわたしの顔と名前もすぐに覚えてくれて、「ロレッタちゃん」と呼んでくれるようになっていた。

慣れない呼ばれ方に最初は戸惑ったけれど、そうして呼んでくれることが嬉しいと、そう感じた。

「ん？　ロレッタ。どうしたの？」

つい立ち止まってしまったわたし。バルトル様はわたしの目線を追うように身を屈められた。

「本屋さん、気になるんだ。寄ろうか」

「あっ、は、はい。ありがとうございます」

にこ、と微笑むとバルトル様はわたしの手を引いて、本屋の扉をくぐっていかれる。

店内に入ると一気に紙とインクの匂いに包まれる。思わずため息をついてしまったわたしをバルトル様はぱちぱちと瞬きしながら眺められていた。

「本を読む、って話してたよね。本、好きなの？」

「は、はい。……その、外に出ることが、ほとんどありませんでしたので」

「そうだよね。……本、買ってもらっていたんだ？」

バルトル様はすっと目を細められた。なんだかその視線がむず痒くてわたしは少しはにかみながら顔を俯かせた。

「はい。母が……。いくら家にこもっていたとしても、最低限の教養と、流行くらいは知っておけと。新聞も読ませてもらってました」

「新聞かあ、読んだことないな」

バルトル様の言葉が意外でわたしはつい目を丸くしてしまう。

「そうなのですか？　お仕事には不便ありませんか？」

バルトル様は生活に身近な魔道具の改良開発をメインに手がけていると聞いた。ならば、新聞からは多くの手がかりが得られそうなものなのに。

「いや、人に言われたらその部分だけ読んだりはするけど、アレをちゃんと最初から最後まで読んだこと、ないなって」

片眉を顰めてバルトル様は苦笑いをされた。……そういえば、お屋敷に来てしばらく経つけれど、新聞が届けられたことは……一度もなかったかもしれない。

「アレってさあ、興味ないことまで勝手に書いてあるの嫌じゃない？」

「そ、そうですか？」

たしかに、政治、経済、ファッション、流行……いろんなジャンルの話題が詰まってはいるけれど、そんなふうに考えたことはなかった。

……バルトル様、新聞お嫌いなのだろうか？……好きとか嫌いとかってものではないと思うけれど……。

「まあ、僕のことはいいんだ、どうだって。せっかく来たんだ、気になる本があったら買っていこうか」

「いいんですか？」

「もちろん。君がなにかを欲しがるってこと、ほとんどないだろ。甘えてくれたほうが嬉しい」

「え、ええと、ありがとうございます」

「夫婦になってしばらく経つのに、君はそうやって照れるね。奥さん」

「……」

うまい返しが思いつかず、無言になるわたしにバルトル様はクスリと微笑む。温かな眼差しを向けられて、逆に居た堪れない気持ちが増す。わたしは俯いて、棚に並べられた本を眺めた。

しばらく、それぞれ思い思いの棚に向かい、歩きながら本の背表紙を眺めていたけれど、立ち止まったわたしを気にしてか、バルトル様は高い背を屈めてわたしの目線の先を覗き込まれた。

「……それ、小説？」

「は、はい」

怪訝そうな声に答える。

バルトル様がわたしの目線の先にあった薄い本を手にとって眺める。

少し気恥ずかしさを感じながら、わたしは話した。

「その本……。内容は……子ども向けだと思いますが、わたしは大きくなって読み返してもおもしろくて、思い出の本なんです」

パラパラとバルトル様が本をめくる。

絵本を読み慣れた子が次に読むような、絵が多くて、簡単な言葉で綴られた物語の本だ。大人が読むには平坦で面白いとは感じにくい話だろうと思う。でも、わたしにとっては読み返すたびに、子どもの時、心の底からワクワクした気持ちを思い起こしてくれる大切なお話だった。

「へえ、僕、小説みたいなのって読んだことないな。絵本は拾って読んだことあるけど」

「まあ……そうなのですね」

何気なく呟かれた言葉にわたしはそっと首を傾げる。

(……絵本は……拾って読むものかしら……?)

でもそれはあえて聞かなくてもよいことだろう、とわたしは聞き流すことにした。

「楽しい冒険のお話なんです。初めて一人でおうちを出て行って、主人公にとったらものすごい大冒険なんだけど、実はちっとも遠くにはでかけていったわけじゃなくて。なーんだ、って終わるんですけど、わたしは主人公と一緒にずっとドキドキしながらページをめくって……。わたし、何ページ目で主人公がなにと出会うのかも全部覚えてるんです」

「そりゃすごいね」

「はい。わたし、本当に何度も読み直していて……」

だけど、この本はあの家に置いてきてしまった。少し後ろ髪を引かれる気持ちはあったけど……でも、こんな子ども向けの本や絵本ばかりを持っていこうとするのは、どうしても気が引けてしまった。

本当を言うと、今になって懐かしく思うことが増えてきたけれど——。今はもう手元にないことも含めて、わたしの思い出になったのだ、と思うことにしたのだ。

「ふうん、じゃあ僕、この本買おうかな」

「えっ」

「君があんまりにも幸せそうに話すから気になった」

懐かしさに浸るわたしを、バルトル様の声が不意に現実に引き戻した。

バルトル様は目を細め、わたしが好きだと語った本を手に掲げて見つめる。

「こ、子ども向けですから。……その……」

「君があんなに面白いって話すんだ。面白いに決まってる」

「……」

どうしても愛着が強すぎて「大人が読んだらつまらないかもしれません」というふうには言えな

いわたしは唇を結んでしまった。

その間にバルトル様はさっさと会計を済ましてしまう。

「ねえ、よかったら一緒に読んでくれないか」

「一緒に、ですか？」

紙袋に本を入れて、店の外に出てすぐにバルトル様はそう切り出した。

「君に言うのも恥ずかしいけど、ほら、僕、ちゃんと読み書きを学んだわけじゃないからさ。君は話す言葉もきれいだし、君の声で読んでもらえたほうが内容わかりそう」

「あの……子ども向けの本ですから。大丈夫ですよ」

「そんなことないだろ、君があんな顔するんだから、立派な本のはずだ。でも僕じゃそこまで読み取れないかも。だからお願い、僕にもわかるように読んでみて」

「……ええと」

キラキラとした眼差しがわたしを見つめている。

「……わかりました、では……今夜？　にでも……」

「いいね、善は急げだ。今夜は早速一緒に読もうね」

そして、わたしはバルトル様と夜の読書会をすることになった。

バルトル様はとても静かにわたしが朗読するのを聞いていてくださっていて……。

「他にも君がおすすめの本は？」

「……ええと、あの、絵本になるのですが。本当に……二歳くらいの子が見るような……」

わたしも、こんな話をしながら、懐かしい気分に浸るのだった。

（そうだわ。わたし、小さい頃は……お母様に、こういう物語の本も買ってもらっていたんだわ……）

当時は買ってもらったとは、そういうふうには思っていなかった。

離れに押し込められていたから、面倒を見ない代わりにただただ本だけを与えられているのだと思っていた。本に子守りをさせているのだと。

（……でも、わたし、読んでいた本そのものにはちゃんと……いい思い出があったのね……）

――ロレッタ。ちゃんとなさい。

――あなたを表に出さないからといって、それが淑女の嗜みを学ばないでいい理由になんてならないわよ。あなたは人との関わりがないんだから、そのぶん、ようく本を読んでおきなさい。

――ああ、ロレッタ。読み書きがずいぶん上達したわね。もうこんな子どもだましの本は必要ありませんね。次からは歴史の本を買うからよく読んでおくように。

思い返した母の言葉は、声も口調も全てが冷たいもので、その時の母の感情はわからない。

だけど……たとえ、母からは情を与えられてはいなくとも、幼い時同じ時間を過ごしてくれていた本たちにはしっかりと、懐かしいと思える思い出があったのだと改めて感じると、わたしは胸が詰まる思いになる。

「アハハ、実際に本読んでる時間よりも君が一生懸命本の感想聞かせてくれる時間の方が長いね？」

「す、すみません」

子ども向けの短い話だから、あっという間に読み終わってしまうのだ。

「ううん。楽しいよ、本もだけど、君がそうやって目を輝かせて話しているのを聞いているのが」

横目で見たバルトル様の瞳こそ、とても澄んだ青色できれいだった。

（……この間、魔道具について教えていただいたとき……）

あのときのバルトル様の瞳を思い返す。

バルトル様も、あのときはとってもキラキラと輝く目をしていた。

（わたしも、バルトル様みたいな顔で……お話できていたのかしら）

小さく唇を噛む。そうならいいな、と思った。あのときのバルトル様の表情はとても、素敵なものだったから。

「……バルトル様。貸していただいていたご本でわからないところがあったんです。わたしも教えていただいてよいですか？」

——わたしも、バルトル様が学んできたことを知りたいと思って、そう言った。

「えっ?……うん、もちろんだよ。どこ?」

顔を綻ばせたバルトル様を見ると、わたしは胸が温かな気持ちでいっぱいになるのだった。

(わたしはこの人を騙している)

けれど、この人に対して、せめて、素直でいたいと思った。

矛盾しているようだけど、向き合って話している間だけでも彼に誠実でいたいと、そう思ったのだ。

2・繰糸機……って？

「今日はいい天気だね」

「ええ、気持ちがいいですね」

わたしとバルトル様は、お庭にお弁当を持ってピクニックを楽しんでいた。

工房でお仕事をされているバルトル様に、セシリーのおすすめでお弁当を持っていったのだけど……なんだかあれよあれよと一緒にお庭でお昼を楽しむ流れになってしまった。

芝生の上にシートを敷いて、二人で座ってサンドイッチや魚のフライをいただく。

「知ってる？　サンドイッチも『異界の導き手』が考案したらしい。彼が作業に没頭しているとき、使用人に作らせて、それから軽食として流行したんだとか」

「まあ！　そうなんですね」

「いったい全体、どういう奴なんだろうね？　なんでも手広くやりすぎなんだよ」

バルトル様は眉根を寄せ、目を眇めた。……バルトル様はきっと『異界の導き手』を尊敬していらっしゃると思うのだけど、なぜだか複雑そうな面持ちに見える。

（……どうしてかしら？）

不思議に思いつつ、聞いてしまうのは失礼だと思って、わたしは目の前に広がる景色を眺めた。元子爵家の所有していたという邸の庭に植えられた樹木はみな背が低く、緑溢れながらも開放感がある。

青々としたお庭に見惚れて嘆息していると、バルトル様は「僕には庭のことはなにもわからない」と言いつつも、この邸のお庭の話をしてくださった。

「とにかくひたすら元々あったお庭のままの形を維持させているんだよね」

なにもわからないから、と再び繰り返して、バルトル様は小首を傾げ目を細める。

「でも、君が気に入ってくれたならよかったよ。センスのいい当時の子爵殿に感謝だな」

「バルトル様はどうしてこちらの邸を買われたのですか？」

王都の高級住宅街に立ち並ぶ邸宅の多くは庭を持たない。基本的には貴族は各自の領地に家を持ち、この地に住まう時期は限定的であることがほとんどだ。バルトル様のように領地を持たない貴族や、すでに家督を退いたものなどは通年でここに住むこともそう珍しくはないが、このように立派な庭を有した邸宅はあまり見られない。

「まあ、なにも爵位を貰うったって、お屋敷に住む必要はなかったんだけどさ。自分の工房が欲しかったからね。王都にあって広い敷地の邸が欲しかった。……一番はたまたま売りに出されていたタイミングが良かったからだが」

バルトル様はソースでもこぼしたのか、ぺろ、と自分の指をお舐めになった。「あ」と思うが、無意識のようだし、それを言うのは野暮が過ぎるだろう。なによりお行儀が悪いと思うよりも、それだけ今、自分に気を許してお寛ぎになっていることに嬉しさを感じて、なんだか微笑ましかった。

「君とこうして過ごせるなら庭付きの家を買って正解だった」

「まあ……」

バルトル様は相変わらず甘やかな言葉ばかりを仰る。

（……どうしてかしら？）

バルトル様と暮らすようになって、だいぶ経つ。

初夜の日に「式まで君を抱かない」と宣言された通り、夜は別々の私室で眠るし、バルトル様がわたしをそういう目で見ることはもちろん、手を出すようなことは全くない。

けれど、その代わりバルトル様は……とても、甘い言葉をわたしに囁いてひたすら甘やかす。

どうしてだろう。彼が出世を望むなら、いち早く子を作るべきだろうに。

（……魔力を持つ子が欲しいから貴族の娘と結婚したかった。それ以外の理由で、わたしと結婚なんて……）

愛ではなくて目的のある婚姻。ならば、本来こんなに優しく甘やかす必要もないはずなのに。

考えているとふと思い出す。バルトル様は結婚したその日の夜に「早く君を連れ出してしまいたくて」と仰っていた。

「ん？　どうかした？」

聡いバルトル様はわたしが物思いに耽っていることにすぐ気がついて小首を傾げる。

青いきれいな瞳は日差しの中でますます美しくキラキラ輝いていた。眩しい、と思ってしまう。

眩しい、けれど、ずっとこの輝く青い瞳を見ていたいと――。

「……」

どうしようか。悩んで結局わたしはそれを口にした。

「――バルトル様はもしかして、以前からわたしのことをご存じだったのですか？」

わたしの言葉にバルトル様は一瞬きょとんとして、すぐにいつもの微笑みを浮かべられた。

「ううん、そうだね……。半分は正解で、もう半分はそうじゃない」

「と、言いますと？」

「僕は君が紡いだ魔力の糸を見ていてね、それで君に惹かれたんだよね」

「……えっ？」

今度はわたしが目を丸くする。

「君の家、アーバン家から提供された魔力の糸。ほら、アーバン家は電気の魔力だろう。魔道具との相性はピカイチだからね、特に君の家のものは評判が良かった。僕は国家からも依頼を受けて魔道具を作るから、それで君の家の魔力の糸に触れる機会は多かったんだ。国からの依頼で作る時以外でも、君の家の糸を指定して買い上げたこともある」

たしかに、父は領民に配る以外にも国に魔力の糸を売っていた。

「ええと……。でも、それは、きっと父か妹のものだと思いますが」

「わかるよ。君のお父さんのものか、それ以外の人が紡いだものなのかは。君の家が国に売っていた糸は君のお父さんのものではなかった」

「では、妹の……」

電気の魔力、というならば妹のもののはずだ。わたしの持つ魔力はなんの属性も持たないのだから。

それでも魔道具を動かすことはできるから、領民に配る分としてわたしは妹にそれを渡してきた。国に納めてきた電気の魔力の糸は父のものでなければ、妹のものだ。

でも、バルトル様は首を横に振った。

「いいや、違う。わかるよ、君の妹が紡いだものではないことは」

「いえ……でも、その、わたしの魔力は電気の魔力ではないのです」

そういった属性をなにも持たず、なんの力も発揮しないハリボテの魔力。

ただ、魔力の糸としては生み出せるし、それを使って魔道具も動かすことはできるようではあったけれど……。

「おかしいな、それじゃ僕は人違いで求婚したことになるな」

「……あっ……」

――そうか。そうだったのか。バルトル様は、本当は妹に求婚していたんだ。それをお父様が嫌がらせでわたしを嫁がせたのだ。

合点がいく。貴族の娘なんてたくさんいる。たとえ平民の出でも、バルトル様のように優れた方ならばきっと他にもお相手はいただろうに。

それをわざわざ我が家に……いえ、わたしに婚姻の打診をするだなんて。

いままで不思議だった点と点が繋がった。

バルトル様の甘い言葉は本当は妹に囁かれるべきものだったのだ。

わたしの思い詰めた顔を見てか、バルトル様がはあとため息をついた。わたしは肩をびくりとさせる。バルトル様は大きくかぶりを振った。

「僕は自信があるよ。きっと、僕は間違えてないはずだって」

「そんな……」

「そんなに言うなら……そうだ。君が糸を紡ぐのが見たいな。そうしたら、僕が今まで想いを馳せてきたあの魔力の糸を生み出していたのが誰だったのかはっきりするはずだよ」

バルトル様の輝く瞳があまりにも強くわたしを見つめるものだから、わたしは頷くしかなかった。

バルトル様に連れてこられたのは、工房の隅に置かれた大きな機械の前。

わたしの背よりも高いそれを見上げる。大きな歯車、ローラー、ピンと張られた鋼線。

「ホラ、これを使って」

「ええと。これ、ですか?」

「うん。君の家にあるものと使い方は同じはずだよ。型の違いはあるだろうが、基本構造は大きく変えられないものだからね。僕の目標としてはコイツももっと効率化したいトコだが……」

「……これは……」

「これは568年製のコルト式自動繰糸機《じどうそうしき》だよ。魔力の注入口はココ」

「魔力の……?　繰糸機《そうしき》……ということは、もしかして、これで魔力の糸が紡げるのですか!?」

思わず大きな声が出る。バルトル様はなんだか驚いた顔をされていた。

はあ、とわたしは感嘆する。

「……こんなものが、あるのですね……」

「えっ」

なんて画期的な、便利なものだろう。魔力さえ注いでしまえばあとは自動で糸を紡いでくれるとは。

糸紡ぎには両手を使う。たくさんの量を生成するならばそれ相応の時間もかかる。領主としての仕事をしながら領民に配るための膨大な量の糸を紡ぐのは効率的ではないなあと思ってはいたのだ。

「……君の家にもあったと思うけど、まさか、君は使っていなかった?」

「は、はい。その……わたしは、病気のため離れにいましたので……」

「病気の療養をしてたのに手織りで魔力の糸を紡いでいた?」

バルトル様の形の良い眉が歪む。ああ、しまった。失言だった。病気で臥せっていたのではないか? と疑問を持たれても無理はない。

「……まあ、それはいいんだが。うん、だから君を連れ出したわけだし……」

「えっ?」

「いや、変な顔して悪いね。これは君の元・家族宛だ」

コツン、とバルトル様は繰糸機……なる大きな機械を軽く叩いた。

バルトル様は再びいつもの優しい眼差しを浮かべると、背の低いわたしに合わせて少し屈みながらわたしに問いかける。

「……手紡ぎだと糸はどうやって作るのかな?」

「は、はい。こう……両手の指をくるくると回して……」

言いながら、バルトル様に実践してみせる。わたしが人差し指をくるくると回すと、キラキラと輝く糸がふわりと現れ始めた。

「……きれいだね」

「はい、わたしはいつもこうして魔力の糸を作っていました」

何度も何度も繰り返し、細い糸は次第に束となり、わたしが指をくるくると回すたびに糸の束は太くなっていく。

透明な糸は折り重なると、白いようにも銀色や真珠の光のようにも、虹色にも見えた。

「……うん、間違いない。僕が触れていたアーバン家の魔力の糸はコレだよ。この美しい糸の束」

バルトル様の長い指先がつ……とわたしの魔力の糸の束を撫でた。

「滑らかで美しい。どんな繰糸機《そうしき》を使っているのかと不思議だったんだ。手紡ぎだったんだね」

金の睫毛で縁取られた瞳を細めるバルトル様。その眼差しは、有り体に言えば、愛おしげに見えた。

けしてわたし自身がそういう目で見られているわけでも、ましてや彼に身体を撫でられているわけでもないのに、わたしはたまらなく面映い気持ちになってしまう。

「君が紡いだ糸は太さも均一で強度にもムラがない。でも、これが手紡ぎでできるんだね。すごい」

「あ、ええと、バルトル様も……よかったら、やってみますか？」

「うん、教えて？」

気恥ずかしさからそう提案すると、バルトル様は微笑みながら小首を傾げた。

さきほどと同じように、指をくるくると回して見せる。

呼吸を整え、指先に魔力を集めるイメージをしながらゆっくりと指を動かす。じわじわと指先が熱くなってきても落ち着いて、一定のリズムで指を回し続ける。

「わあ……出てきた」

バルトル様はお上手だった。わたしの拙い説明と実演だけですぐに魔力の糸を生み出すことに成功し、楽しげに指をくるくると動かす。

バルトル様の作り出した魔力の糸はわたしのものとは少し色味が違っていて、光が当たると金色に光って見えた。

「いや、これ、やり方は単純だけどさ。難しいよ、これで均一な仕上がりの糸にするなんて！」

「でも、バルトル様、お上手です。わたしは母から指導されていた時、ちっともうまくできなくて何度も何度も厳しくやり直しさせられていました」

「それ、君のお母さんが厳しかったんだろ！　これ、めちゃくちゃ疲れるし！　なんでそんな涼しい顔してできるんだ？　すごいよ！」

「そんな……」

わたしは最初の頃は、本当にちっとも魔力の糸を紡げなかった。

（……たしかに、母は厳しくはあったけど……）

いけない、母のことを思い出すとすぐ顔が強張ってしまう。ごまかすようにわたしは小さく頭を振った。

「バルトル様は……このやり方はご存じなかったのですか？」

「ああ、うん。僕は初めっから繰糸機頼りだ。僕が聞いた限りだと、今の貴族はみんな繰糸機しか使わないみたいだった」

「……そうなのですね」

ルネッタの言葉を思い出す。たしか、あの時ルネッタも「今時こんな……」と言葉を濁していた。

自動繰糸機の存在を知りもしなかったわたしへ向けた呆れ果てた目。

このことを言っていたのね、と今更ながら合点する。

「君の紡いだ糸を見て……これを紡ぐ人はどんな人なんだろうかと考えていたんだ」

バルトル様はなんだかうっとりした様子で仰った。

「そ、そうなのですか?」

「……ああ。それで、実は君の家のことも少し調べちゃったんだよね」

「え!?」

驚愕のあまり、目を丸くしてぱちぱちとバルトル様の顔を凝視してしまう。

わたしの……家のことを?

心臓がバクバクと音を立てた。バルトル様は、どこまでわたしの家のことを知られたのだろう。

「社交の場に出るのは君の妹だけ。ご両親もお話しするのは妹のことばかりで、君の妹がまるで一人娘のようだけど、実は病弱の姉がいるだとか」

「……」

「君の存在を知って確信した。これを作っているのはその病弱な姉なのだろうと」

「……どうして……?」

バルトル様の仰ることが信じられなくて、わたしは疑問をそのまま口にしていた。

「職業柄かな、僕は魔力の糸を見たら色々違いがわかるんだ。君の家が国に納品する魔力の糸は三種類あった。君のお父さんのものと、妹のものと、それから君の。……君の父と妹が作った糸と、君が紡いだ糸は色が違った。魔道具に取り込ませた時の質も全然違った」

「……でも、それだけじゃ……」

「ロレッタ」

よく通る低い声で名前を呼ばれる。

彼の声はまるで、身体の芯にまで突き刺さるかのようだった。

青い瞳はわたしをじっとみつめる。

「……僕はそれでわかったんだよ。理由、それだけじゃダメ？」

「え……」

「……」

こんな風に見つめられては、もうなにも言えない。わたしは首を振った。

さて、とバルトル様は大きく伸びをし、肩を回す。

「そろそろ仕事に戻らないと。悪いね、ロレッタ、もうお帰り」

「……はい」

優しく促されるままに、わたしはバルトル様の工房をあとにした。

青々とした葉が煌めく庭を一人歩きながら、わたしは顔を俯かせていた。

バルトル様がわたしの追及を避けたこと、それはひとまず置いておこうと思う。


（……でも）

それでも、疑問が残る。

わたしはなんの属性の魔術も使えない。ただ、魔力の糸を紡げるだけ。

わたしの紡いだ糸は『電気』の魔力ではないはずだ。

でも、それが『電気』の魔力の糸として納品され、そして問題なく使用できていたという。

（……どうして？）

この疑問こそ、バルトル様に聞くべきかもしれない。彼ならば、この解を持っているかもしれない。


けれど、わたしは聞けなかった。

聞けば、わたしが『不貞の子』であることも告白しなければならないかもしれない。

彼と婚姻してからずっと胸の中にある葛藤。

……本当は言わなくてはならないと、ずっと思っていること。

わたしはなぜ、その一言が言えないのだろうか。

この結婚が父と母に命じられたものだからだろうか。両親の命に背くことが恐ろしいから、立ちすくんでしまうのか。

……それとも、バルトル様と過ごす毎日を失いたくないから、ズルズルと先延ばしにしてしまっているのだろうか。

このことを考えていると、なぜだかいつも頭にもやがかかってしまう。

（わたしは不貞の子。バルトル様が望まれている役目を果たすことはできない女）

――ついさっき、横に置いた疑念。

もしかしたら、と思う。

（……バルトル様。バルトル様も……わたしが『不貞の子』と、ご存じなのでは？）

わたしにあえて追及をさせまいと、そしてこれ以上は言うまいとした彼。

ざあっ、と木々の合間を縫って強い風が吹いてきて、わたしの黒い髪を揺らした。

3．ロレッタとお庭と○○○

「君、本当にお庭が好きなんだね」

「え……は、はい」

「ああ、いや、嫌味で言ったんじゃないよ」

今日もわたしとバルトル様はお庭でランチをいただいていた。きっと、わたしはまた庭園の緑を眺めるのに夢中になってしまっていたんだろう。慌ててバルトル様に目線を合わせると、バルトル様は優しげに目を細める。

「僕には、良し悪しが全然わかんないからさ」

「わたしも良い悪いはわかりませんが……。こちらのお庭はとても居心地が良くて、素敵だと思います」

「一日中見てられそうだものね、君」

バルトル様の柔らかい声に、わたしははにかんだ顔で返す。

実際に一日中見ていられた。……アーバン家の離れにいた頃は。

でも、こうやって実際に外に出て、芝生に座って過ごす今のほうがもっと素敵な時間だ。

「そういえば前の持ち主もこの庭を大層気に入っていたようでね。僕が家を買ったばかりで庭が荒れている時は怪奇現象がちょっとあったらしいけど、庭をきれいにしてから落ち着いたんだよ」

「え」

こともなげに告げられたバルトル様の言葉に、つい手に持っていたビスケットを落とす。わたしが拾おうとする前に、さっとバルトル様が拾い上げて「もったいないけど、さすがにね」と言いながらハンカチに包んでくださった。

「……君、そういうの怖いほうだった？」

目を丸くしているバルトル様に、頷いてみせる。金の髪をかきながらバルトル様は眉を下げた。

「ごめん、言わなきゃよかったな」

「い、いえ」

首を振るわたしにバルトル様は謝罪を重ねる。

「僕、あんまりそういうの信じてなくてさ。よくわかんないし、でもみんながそう言ってたからそうなんだーって。それくらいの気持ちで軽く言っちゃった。ごめんね」

「い、いえ、大丈夫です」

……とは言ったものの、頭からこびりついて離れなくて、このあと、ついわたしはセシリーに問いただしてしまった。

「……セシリー、あの、前にこのお屋敷におばけがいたって本当？」

「おばけぇ？」

セシリーはいつもよりも高い声をあげながら首を傾げた。

「うーん、おばけ……というか、怪奇現象？　だーれもいないのに勝手にロビーに明かりが灯ったりとかぁ、夜中に階段がギシギシなったりとかあ」

「そ、それはおばけではないの？」

「なにか見たとかは聞かなかったですねぇ。おばけと怪奇現象の違い、って聞かれると、ちょっと難しいですね。どうなんでしょう？」

「……さあ……」

「奥様、怪奇現象とおばけ、どっちのほうが怖いです？」

「…………おばけ、かしら……」

怪奇現象は『もの』はいないから。『おばけ』のほうが……『もの』がいそうで怖い。

セシリーは腕を組み、神妙な面持ちでうんうんと頷く。

「よし、じゃあ、我がお屋敷にあったことは怪奇現象だった……ということにしましょう。解決」

「か、解決、したかしら」

「はい。奥様が怖がっていたおばけ問題は解決したかと。怪奇現象ですので、なんてったって」

「……そう、そうね……。ありがとう、セシリー……」

ぐっと親指を立てるセシリー。だけど、その直後に再び彼女は首を傾げた。

「あれっ。でも、わたくし、奥様にそのお話ししたことないですよねぇ？」

「バルトル様が……」

「あー、ポロッと。言っちゃったんですね、あのひと。なんも気にしてないから」

セシリーはやれやれとかぶりを振る。

「大丈夫ですよ！　大絶賛怪奇現象中に屋敷にいたわたくしも、バルトル様も、使用人連中の初期メンもみーんなこのとおりピンピンしてますから！　お庭きれいになったら除霊されましたし！」

「じょ、じょれい」

すごい言い方をするなあ、とセシリーのえっへん顔をまじまじと見つめてしまう。……そんな言い方をしたら、失礼なのでは……？　怒りを買ったりしないかしら……？

「あっ、奥様のそのこわ～～いって顔見てたらインスピレーションが湧いて来ました！　奥様！今日はちょっとアンニュイでセクシーな感じで攻めましょう！」

「えっ、もうお昼よ。セシリー」

「お色直しは何度したっていいんです！」

「お色直しって、そういう意味の言葉じゃ……」

そして、セシリーはわたしを自室まで引っ張っていき、髪を梳かし直すと、あれよあれよという間にヘアメイクを開始した。

（いつも思うけれど、セシリーの言う『攻める』ってなにを攻めているのかしら……）

◆◆◆

そして、施された『攻めている』メイク。

わたしはほんの少し、理解した。セシリーの言う『攻める』の意味を。

（め、目の周りが泣き腫らしたみたいにされている……）

セシリーが「こうすると目が大きく見えるんですよねえ」と、目の周りに赤みの強いアイシャドウを塗りたくったのだ。さらにイタチ毛の細い筆でかなりハッキリと黒くアイラインを引かれ、これでもか、と瞳を強調させている。ほお紅もいつもより色が濃いような。

たしかにこれは、『攻めている』。鏡に映る己の姿に言葉を失うわたしに、セシリーはフフン！といつもの自信満々な笑みで満足げに鼻を鳴らしていた。

「これはセシリー……。攻めすぎじゃない？」

「時代の最先端、ですよ！　奥様！」

そのあと、部屋を出てすぐに鉢合わせた侍女長はわたしの顔を見るなり、「セシリー！」と怒号をあげた。

「おまえは！　奥様がお優しいからと調子に乗って！　奥様はおまえのお人形ではないのですよ！」

「ち、ちがいますもん、わたくしは、奥様の素材の良さを活かそうとして……！」

この中年の侍女長とセシリーは以前勤めていた職場からの仲らしい。セシリーは幼いうちに両親を亡くし、以前の雇用主に住み込みで侍女見習いとして雇ってもらっていたそうで、この侍女長・マールはセシリーにとっては母のような存在だったと聞く。

「奥様もどうしてセシリーになんでも好きにやらせてしまうのですか！　いくらなんでも……そんなお顔ではみんなビックリしてしまいますよ」

「ご、ごめんなさい」

あまりにもセシリーがノリノリで、どうなるんだろう——となりゆきを見守ってしまった。

「でもぉ、似合ってません？　かわいいでしょ、奥様？」

「……奥様は元々整ったお顔立ちですから。多少破天荒なことをしてもそうおかしくはならない……のは認めます。だけどね、セシリー。そういう問題ではないの！　いいこと、本来化粧というのは……」

「……あれ？　どうしたの、賑やかだね」

「あっ、バルトル様！」

廊下でやんやとしているわたしたちの元に、昼休憩を取りに来たのか屋敷に戻ってきたバルトル様が顔を出す。バルトル様に気づくや否や、セシリーは小走りで駆け寄って広い背中の後ろに隠れた。

「だっ、大事なのは、旦那様が好まれるかどうか……もあると思うんですよねえ！」

「お前ね、いつまでもそう屁理屈ばかり」

「バ、バルトル様！　お、奥様のお顔、いかがです!?」

（い、いかがです、という言われ方は……どうかしら……？）

困惑の表情を浮かべるわたしをバルトル様が高い背を屈めて覗き込む。

「うん？　ロレッタ、いつもと違う」

まじまじとわたしの顔を眺めるバルトル様。

「君、そういうのも似合うね」

バルトル様はケロッとそう仰った。

「君って目が大きくてかわいいけど、いつもより目、大きく見えるね。面白い」

「ほ、ほらぁ！　旦那様がお気に召してるじゃないですかあ！」

言質得たり！　とばかりにセシリーがきゃんきゃんとマールに噛みつく。

（……『面白い』って評はあんまりよくないのでは……？）

わたしはぺたりと両頬を押さえながら考え込む。

結局、セシリー渾身のメイクはこのあとすぐ落としてやり直し、となった。

「セシリーはどうしてそんなにヘアメイクに情熱をかけているの？」

「亡くなった両親がドレスのデザイナーと仕立て屋をやっておりまして。その影響ですね」

「……そうだったの」

「小さい時から父と母のもとをいろんな女性が訪れて……キラキラとしているみなさんを見ていたら、わたくしも、そんなみなさんの手助けになれる仕事に就きたいと思うようになったのです」

自室の鏡台前。セシリーは化粧を落としたばかりのわたしの頰に化粧水をはたきながら軽く答えた。

「いつかは侍女の仕事は辞めるつもりなの？」

「うーん、それは迷い中ですねぇ。初めのうちは……そう思っていたんですけどぉ」

鏡越しに、唇を尖らせるセシリーを見る。

「うちの両親、駆け落ちだったんですよ。だから、死んじゃったら……頼れる身寄りみたいなのもなくって。そんなわたくしに手を差し伸べてくださったのが、以前の雇用主だったのですよね」

「きっと、良い人だったのね」

「はい！　それはもう！　死ぬほど厳しい人だったのでもう会いたくないですけど！……いえ、今のは無かったことに……」

「大丈夫、言わないわ」

眉を下げ気味に首を振るセシリーを見ていれば、「もう会いたくない」という言葉が本心ではないことくらいはわかる。小さく笑って見せると、セシリーも「えへへ」とはにかんだ。

「……初めは、大人になるまでは住み込みの侍女の仕事をさせてもらって、大人になったらそれまで働いて得てきたお金や教養をもとに、化粧師になるつもりだったのですが……。いざ働いてみると、あれ？　ご主人様にずっとつきっきりで日々のコーディネイトをするのって、めちゃくちゃやりがいがあるな？　ってなってきて」

「そうなのね」

瞳を輝かせながら語るセシリーに、自然と目が細まる。

「なので今は絶賛迷い中というのが正直なところです！　限られた人を徹底的にやり尽くすか、多くの方を満遍なくやっていくか……。後者の経験も一度してから決めたいところですが、なかなか……」

「セシリーが毎日楽しく働いてくれているのはよくわかるわ」

「えへへ、ありがとうございます。奥様。わたくし、奥様が来てくださってから本当にとっても楽しいです」

鏡を見ながら、お互いに笑い合う。

（セシリーは本当に、仕事熱心な子なのだわ）

改めて感心して、尊敬の念を抱きながらセシリーの幼げな丸い輪郭の顔を見つめた。

（自分のやりたいことをしっかりと持っている子。……わたしも、見習わないと……）

わたしも、あの家をもう、出たのだから。

◆◆◆

（ね、寝れないわ……!?）

そして夜を迎えて、ベッドに横になって、何分……いや、何時間経っただろうか。一生懸命目を瞑っているけれど、一向に睡魔が訪れる気配がない。

ここまでくると、目を開けることさえ怖い。目を覚ましたら目の前におばけがいるかもしれない。

ちょっとあんな話を聞いただけで眠れなくなるなんてと、自分が情けなくなる。

恐る恐る、わたしは目を開いた。……なにもいない、誰もいない。暗い部屋。

なにもいないことに安堵して、わたしは観念して部屋の明かりをつけた。どうせ眠れないのなら、真っ暗な部屋より明るい部屋で過ごしたほうがなんとなく安心できる。

明かりをつけてしばらくするとコンコン、とノックをする音。続いて、聞き慣れたよく通る爽やかな声が響いてきた。

「……ロレッタ。もしかして、君、寝れないの？」

「あっ……」

「ごめん、急に明かりがついたからさ。気になって」

開けていいかな、と聞かれてわたしは慌ててドアノブを捻って彼を迎え入れた。

バルトル様は寝巻き姿だった。このお姿を最後に見たのは初夜の日以来だ。見慣れないラフな姿に少しドキリとする。

わりと夜更かしのバルトル様は、今ようやくお風呂に入ってあがってきたところだったらしい。まだ髪の毛が少し濡れていた。ちょうど廊下を歩いているときに、パッとわたしの部屋の灯がついたから声をかけてくださったそうだ。

「だいぶ恐がってたからなあ。心配してたんだ」

「す、すみません。……子どもみたいで……」

「いいんじゃない？　かわいいよ」

バルトル様はサラリと仰った。いつものことだけど、バルトル様はそういうことを言わないといけない呪いにでもかかっているのだろうか。

「……ありがとうございます。バルトル様とお話ししていたら、少し落ち着きました」

「そっか、よかった」

「はい、おやすみなさい」

「うん？　いいの？」

「え？」

バルトル様はきょとんと首を傾げた。わたしが思わずお顔を見上げると、優しい微笑みの彼と目が合う。

そして、バルトル様は手慣れた様子でウインクして見せた。

「言ったろ、ひとり寝が寂しいのなら、添い寝するくらいの甲斐性はあるって」

「……えっ？」

◆◆◆

わたしは毎日寝ているベッドの前で立ち尽くしていた。

そんなわたしに、バルトル様は軽い調子で声をかける。

「二人並んで眠るのは心配？　まあ、見ての通り、僕の脚は長いけど丸くなって寝るのは上手だよ」

「あ、あの、そうではなく」

バルトル様がベッドの上に乗ると、わたしがベッドに乗るときよりも重たい音でベッドがぎしりと音を立てた。

バルトル様はごろんと布団の上に転がって「ほら、ご覧のとおりだ」と身を小さくして寝る姿をわたしに見せつけた。

（そういうことでは……ないのですが……）

バルトル様の無邪気なキラキラした瞳に負けて、わたしもベッドの上に乗る。

「バルトル様、そんなに隙間に寄らなくても大丈夫ですよ」

「ん、ほんとだね。君、ちっちゃいんだね」

「へ、平均的な身長だと思いますが……」

「小さいよ。君だったら三人くらいはこのベッドで寝れそうだね」

「そんな。三人もいたら、寝返りできませんよ」

「はは、そっか」

いつもと同じふうに気さくに笑うバルトル様のお顔に、わたしはホッとする。

なにか起きるのを期待していたり、心配しているわけではないけれど……。

それでも、異性と隣で並んで寝るという状況にドギマギするというのは、普通のことだろう。

（……普通、だと、思うんだけど）

あまりにもいつも通りのバルトル様に、わたしはつい目をパチクリとさせてしまった。

「君が眠ったのを見届けたら、そっと抜け出すから気にしないで」

「は、はあ」

「朝まで添い寝してたほうがいいならそうするけど」

「だ、大丈夫です！」

わたしは勢いよくかけ布団を頭から被った。隣からクスクスと笑う声が聞こえてくる。

そーっと頭を出して横を見ると、ひどく優しげな眼差しをしたバルトル様と目が合った。気恥ずかしさのあまり頬が熱くなる。

（……どうしてわたし、ご好意に甘えてしまったのだろう……？）

バルトル様があんまりにもアッサリと「君が寝付くまでそばにいようか？」と仰ったからだ。

「……すみません。その、わたし、子どもみたいで」

「それくらいのほうがかわいげがあっていいよ。君は結構背伸びしようとするだろ」

「今回のこともですけど……。絵本や子ども向けの本が好きだとか、幼いところばかりお見せしている気がして」

「そう？　別にそれで子どもっぽいとも思わないけど？　仮にそう思ったとしても、それって悪いことじゃないだろ？」

むしろ不思議そうにバルトル様は首を傾げて見せた。

「僕なんてかわいげの欠片もないとそこらじゅうから言われてる。かわいいほうが絶対いいよ」

「そ、そうですか？」

うん、と頷くバルトル様の鼻にかかった声は——少し、かわいらしいと思うけれど。わたしは口をつぐんだ。

「……ひゃっ!?」

小さくもぞもぞと動くと、かけ布団の中でバルトル様の手と手がぶつかった。そして、その冷たさに思わず飛び上がる。

「ごめん、ビックリした？……ごめんごめん、手、冷たかったよね」

「だ、大丈夫です」

バルトル様はハハハ、と軽く笑う。

「……お風呂、入られたんですよね？」

「入ったよ。でも、あったかいのは出た直後だけなんだよね」

あまりにも冷たいから心配してそう言うと、あっけらかんとした返事が返って来た。バルトル様は体温が低くて、手を繋ぐときにいつも「冷たい」と思うのだけど、まさかお風呂上がりでもこんなに冷たいとは思わなかった。

まだ、そう寒くはない季節なのに。

（……不便じゃないのかしら、こんなに指先がかじかむんじゃ）

手先を使うお仕事をしているのに、と不思議に思う。バルトル様はセシリーが対抗心を燃やすくらいには手先が器用だ。

「意外といいこともあるんだよ。ヒュッと手を掴まれたときとかに、大抵ビックリして手ぇ引っ込めるからその間に逃げられたりとか……」

怪訝な顔をしているわたしにバルトル様はそう言った。

「……ヒュッと手を掴まれて……逃げる……？」

「……あれ。……いや、そういえば、こういう生活になってから、そういうシチュエーションって……ないな……。……普通はあんまないのか、そういうこと」

一体どういうシチュエーションの話をしているのだろう……？　目を丸くしているわたしにバルトル様は「アハハ」と軽く笑って見せた。

「ごめんごめん、変なこと言ったね。気にしないで」

「は、はあ」

「うん、そうだな。そうやって思い返すと……手が冷たくて助かることって、ほとんどないね」

などと言い、バルトル様は目を細める。

（……やっぱり、バルトル様は……。とても苦労をされながらお育ちになったんじゃ……？）

いままで見聞きしてきたバルトル様の過去のこと。それらを総合して考えると、『苦労』という一言では言い尽くせないような生活をしていたのでは――と思い至る。が、あえてわたしは『苦労』をされてきたのだろう、というところで思考を止めた。

「君は体温高いよね。僕、冷え性だからあったかいや」

ぎゅう、とバルトル様に手を摑まれる。さきほどよりもバルトル様の指先にはわずかな温もりが宿っていた。

◆◆◆

……わたしはいつの間にか、眠りに落ちていたようで、気がつけば朝で、バルトル様も横にはいらっしゃらなかった。

バルトル様のおかげですっかりおばけのことは頭から抜け落ちていた。

(あとでお会いしたら、お礼を言わなくちゃ……)

胸の前で、手を握り締める。

(……わたし、これでいいのかしら。バルトル様の優しさに甘えて、妻としての役目も果たさず、女主人としての仕事もせず、ただただ甘えてばかりで……)

バルトル様は昨日、本当に添い寝をしてくださっただけだった。同じ床につきながら、いわゆる妻としての役割は一切求めなかった。そういう気配を微塵も匂わせていなかった。

……バルトル様の気遣いはありがたいけれど、でも、わたしはあまりにも彼になにも尽くすことができていない。

バルトル様はわたしの作る魔力の糸に惹かれたのだと仰った。

つまり、それは誰でもない、わたしに求婚してくださったという意味になる。

(本当にそうなのかしら)

この優しい人を疑うわけではないけれど、腑に落ちないことはたくさんある。

(……でも、きっと、いつかわたしが……真っ当な貴族として生まれたわけではないことを知った

ら、バルトル様は離縁を選ぶはずだわ）

わたしでは、魔力を受け継いだ子どもを産むことはできないのだから。

（このままずっと……なんて、期待はしないでおかなくちゃ）

わたしは、父の言いなりになって彼を騙して嫁いでいるのだから――。そんなことを望める立場ではない。

わたしは努めて、笑みを浮かべた。『いつか』のことがつい頭をよぎるけれど、深く追及はしないで、まだ目を背けていたい現実に蓋をするように。

しかし、それはそうとして――わたしは――。


「……あまりにも、なにもしていないと思うんです」

「うん？　どうしたんだい、いつになくこわい顔して」

「わたし、なにかお力になれることはないでしょうか」

突然の申し出に、バルトル様はきょとんとされていた。

バルトル様は居間で『異界の導き手』の手記の写しを読まれていたけれど、わたしに声をかけられると、パタンと本を閉じた。

「あ、あの、わたし、ずっとバルトル様に甘えきりで……。妻としての役割も、女主人としての仕事もなにもしておりませんから……」

「君がここにいてくれるだけでいいんだけどなあ」

バルトル様は眉根をわずかに寄せて、苦笑を浮かべた。

「とはいっても、僕は貴族なんてのは名前ばかりだからね。社交とかもないし……」

「……」

一般的に貴族の女主人の務めというと……侍女たちの管理のほか、サロンのとりしきりなど社交関係が多い。魔力を持った平民は爵位を与えられると、伝統的な貴族との繋がりを求めて熱心に社交の場に訪れることは珍しくないと聞くけれど、バルトル様は社交には積極的ではないようだった。

「使用人のモチベーションについては、君が来てからセシリーがものすごい元気でとてもいいしね」

「……それはわたしの貢献……というよりも、セシリーの性格と趣味ゆえに……だと思いますが」

「僕だって、君がいてくれてそれだけで嬉しいよ？」

「そ、それは、その……」

いつも通り……なバルトル様の発言だけど、わたしはお決まりのように口ごもってしまう。なんとか唾を飲み込むと、わたしはなるべく真面目な表情を作ってバルトル様を見上げた。

「そのお言葉は、大変ありがたいですが、それとこれとは話が別だと思うのです。なにか、わたしがお力になれることはないでしょうか？」

「あ。僕に本の読み方教えてくれてるだろ」

思いついた！　とばかりに瞳をキラキラさせながらバルトル様が人差し指を立てながら仰った。

「そっ、それは、違うでしょう！」

仮にバルトル様が読み書きに不自由で、わたしが教えている――というのであれば『この家でのわたしの役割』と言えただろうが、バルトル様は読み書きに不自由がない。

多少空想的な表現への理解が乏しいくらいで、バルトル様の読み取り能力には特に問題はない。なにしろ、子ども向けの本よりも何倍も難しい、びっしりと文字ばかり並んだ論文を読んだり書いたりできるのだから。

（あれはむしろ、わたしの話をバルトル様に聞いていただいている時間で……）

わたしがバルトル様に貢献できているわけではない。

「そうかなあ、だいぶ勉強になってるけど」

うーん、とバルトル様は首を傾げる。

「僕としては全然今のままで構わないんだけどなあ」

「……はい。申し訳ありません、なにかお力になりたいと……漠然と申し上げるだけでは、かえってわがままでしたよね……」

「ああ、違う違う。いいんだよ、君はやりたいこと言ってくれたら。僕がその辺、気が利かないやつってだけで」

わたしの目の前でひらひらと手を振り、バルトル様は今度は腕を組んで考え込んでしまわれた。

「そうだよな、ただただ家の中にいてセシリーのお人形になってるだけじゃ、そりゃあそう思うよな」

「あ、あの、けして現状に不満があるというわけではないのですが……」

むしろ、これだけ厚遇していただいているのに、なにも尽くせていないことが気になっているのであって……。

「それに、君は病弱だと聞いていたから……。ずっと離れで寝込んでいたんだろう？　体力的にもしばらくはゆっくり過ごしてもらうのがいいと思ってて」

ここでわたしの『病弱設定』が足を引っ張ってくるのか、とわたしは唇を噛む。

「うん、思ってたよりも元気そうだからよかったけど」

「は、はい。おかげさまで……」

わたしのおどおどとした返事を最後に、パタと会話が止まってしまった。

俯いたままチラリと彼を見上げるとちょうど目が合う。ニコ、とバルトル様は微笑みを浮かべると窓の向こうのお庭を指し示した。

「どうせなら空気のいいところで話そうか。開放感のある場所で話したほうが息苦しくなくてよさそうだ」

「は、はい！」

玄関を出て、二人でお庭を歩く。

今日は天気も良くて、バルトル様が仰る通り、息が詰まる感覚が少し薄れた。

「ああ、そろそろ庭の手入れを頼んだほうがいいのかな？」

芝生を眺めながらバルトル様は言った。たしかにそろそろ、芝生が伸びてきていた。

「芝生は伸びすぎると枯れてしまうそうですね」

「そうなんだ？　見た目が悪くなるから刈るってだけじゃないんだ」

「はい。なんでも、背丈が伸びすぎると病気にかかりやすくなってしまうそうです。横に倒れて折れてしまったり、中で蒸れてしまったりと」

「へえ」

「あ、でも、専門的な知識を持っているわけではなくて……。そういう記述のある文献を読んだことがあるという程度の知識なので……」

門外漢なのにさも訳知り顔で話してしまったことが恥ずかしくて慌てて言えば、バルトル様は朗らかにお笑いになった。

「ははは。僕が小うるさく気にするのは魔道具のことくらいだよ。芝生のことなんかなんにもわからないからね。毎日カメムシの破片を撒いたら虹色に光るようになるって言われても『そうなんだ』って言うから安心してなんでも話して」

「か、かめむしのはへん」

「カメムシの背中は虹色だろ」

鸚鵡《おうむ》返しするわたしにバルトル様は小さく首を傾げる。

そういう自由な発想が天才魔道具士の称号を得るに至らせたのだろうか……？

（一体どこからカメムシを思いつかれたんだろう……？）

芝生を虹色に光らせたかった？　虹色に光っていて、かつ、どこにでもいるようなにかというところからカメムシに行きつかれたのだろうか。

「今はどのくらいの周期でお手入れを依頼されているんですか？」

「ああ、なにしろ、なんにもわからないからね。一回ダメにしかけたことがあって、それ以来はわりとマメにしているよ。多分、君が話していたみたいに芝生の背が伸びすぎてよくなかったんだろうな」

頭の中のカメムシを振り払って問うと、バルトル様はさらに「僕はなんにもわからない」と重ねてそう言った。

「今の時期は……二、三週に一度くらいだったかな。それくらいがいいですよ、って言われて。本当はもっと頻度を上げた方が良い芝生……？　になると言われたけど」

「専属の庭師と契約されてるわけじゃないのですね？」

「うん。僕さ、半年に一回くらい来てもらえばいいんだと思ってて。でも思っていたよりも頻繁に手入れが必要なんだね」

そう仰りながらバルトル様ははあ、とため息をつかれた。

「前の持ち主が、きっと大事にしていたんだろうってことはわかるんだよ。王都でこの広さの庭を持とうとするくらいだからね。僕が買うまでしばらく買い手がずっとつかなくって、荒れた状態でも、なんとなく元々はもっときれいだったんだろうなとわかるくらいだったからね」

「……そうなんですね……」

荒れていた時ですら美しかったその時の名残りがあったのかと、バルトル様が屋敷を訪れたその時の光景も見てみたいと思った。

「ただ本当に僕、よくわからなくって。とにかく現状維持だけ庭師にお願いしてやるくらいのことしかできなくてさ。きっと、かつての持ち主が管理していたときは季節の花も咲いていたろうに」

「お花……」

そういえば、このお庭には花の類いは無かった。

芝生や樹木はわりあい丈夫だけれど、季節の花は長い間放置されているうちに枯れてしまったのだろうか。

元の持ち主がこだわったのだろう、背の低い樹木の配列と芝生の青々しさはそれだけでも開放感のある美しい庭園として機能しているけれど、もしもこの景色の中にさらに彩りがあったら――。

そう思ったら、少し、胸が熱い鼓動を奏でた気がした。

「わたしに……このお庭の管理を任せてくださいませんか？」

「え？」

「はい。とは言っても、今までのように基本的な手入れは庭師の方に来ていただいて整えていただくことになると思うのですが、季節の花の選定と日常的な手入れをさせていただけたらと」

「それは構わないけど……」

きょとんとした表情のバルトル様はぱちぱちと瞬きをしながらわたしを見ていた。

「ほんとにいいの？　君にそんなことさせて」

言外に「病弱だったんだろ、庭仕事なんて大丈夫なのか」という気配を感じる。

その心配を振り払うように、わたしは大きく首を横に振った。

「はい！　むしろわたし、やりたいです」

「君のことだから、きっと花とか草とか色々知っているんだろうから、そこは心配してないけどさ。大変じゃない？」

「わたし、ずっと離れにこもっていましたから……きれいなお庭には憧れがあったんです」

「そっか」

「難しいことがありましたら、使用人のみんなや庭師にも相談して協力してもらうようにします」

「うん、それがいいね」

にこ、とバルトル様が目を細めてわたしを見る。

その瞳が幼な子を見るような眼差しに感じられて、わたしはハッとして両頬を押さえながら小さく俯いた。

「……あの、なんだか、お仕事というよりも、わたしの趣味でやりたいことにみなさんを巻き込むような形になってしまいますが……」

「そんなことないよ。毎日目に入るものはきれいな方がいいだろ？　それに、僕、庭師に丸投げとはいえ結構この庭の存在は気が重かったんだ。君がやってくれるなら助かるよ」

「あ、ありがとうございます」

小さくボソボソと言った言葉に対して、わたしの背中を押そうとしてくださるバルトル様の優しさに胸がじんとなる。……ちょっと、その優しすぎる眼差しが面映いけれど……。

（……わたしの、『やってみたいこと』と、この屋敷での『役割』。大事にしたいわ）

気恥ずかしい気持ちをごまかすように、わたしは笑顔を作って少しおどけた雰囲気で言った。

「その、前の持ち主の方にも……ご満足いただけるように頑張らないと、ですよね」

「はは、そうだね。君は怖がりだから」

「…………はい」

「あれ？　思った以上に深刻に頷くね」

憧れのお庭。そこに彩りを加えるお仕事。間違いなく、わたしは前向きな気持ちでそれをやりたいと申し出た。

（よく考えたら、わたしが……元の持ち主さんの気を損ねるようなことをお庭にしたら、一生祟られるのでは……!?)

大きなプレッシャーが加わってしまったが、「頑張るぞ」とわたしは拳を固めた。

◆◆◆

「……やあ、僕の奥さんはなにをしているのかな?」

「――わっ、バ、バルトル様」

スコップを片手にしゃがみ込んで作業していると急に黒い影が被さってきた――かと思うと、低い掠れ声で囁かれ、わたしは反射的に声をうわずらせながら身体をびくつかせた。

「は、花の苗を買いましたので、寄せ植えにしています」

「ふうん。熱心だな」

もう秋なので、今から植えても春まで楽しめるパンジーとビオラの苗を多く買った。少し前にも同じように寄せ植えをして見たけれど、いざお庭にプランターを配置してみたら寂しい気がして、もう少し数を増やしたいと思ったのだ。

「君のおかげでますます芝生が青々として見えるようになったね。前の開放感があって広々とした雰囲気も良かったけど、ほかの色があったほうが色がよく見える」

「そ、そうですか?」

「うん。いいな、って思うよ」

「ありがとうございます」

バルトル様にそう言っていただけて、ホッとする。

庭師の方に来ていただいた時に植える花や全体の景観のイメージなどを相談してアドバイスはいただいていたし、自分ではなかなかよい出来栄えなのではと思ってはいても、自分以外の人がどう感じるかには自信がなかった。

「元の持ち主の方にもご満足いただけていると良いのですが……」

怪奇現象があったらしいと聞いてからしばらく、さすがに眠れないということこそないけれど、眠りが浅くなったし夜の廊下を歩くのが少し怖くなってしまった。

そんなわたしの不安をバルトル様は明るく笑い飛ばすように、朗らかな声で仰った。

「大丈夫だと思うよ。ずうっとなにやっても明るくならなかった風呂場の明かりが最近急に明るくなったから」

「…………え？」

しかし、告げられた言葉にむしろわたしは青褪めた。

「きっと前よりも今の方がもっともっとご満足ってことなんじゃないかなあ。僕、そういうの信じてなかったけどそういうことってあるんだな」

うんうん、と腕を組みながらバルトル様は頷く。

……お風呂場の明かりが暗いのは、わざとそうしていたわけではない？

ゆっくりとくつろげるように、あえて暗くしているのだと、ずっと思ってきたのに。

「あ、あの、アレって、元々、少し暗い方が落ち着くから……そうしていたわけでは？」

「ううん、違うよ。なぜかなにをどうしてもアレ以上の明るさにならなくて僕に対する挑戦状かと思っていたんだが、どうもこうなると、元の持ち主の……」

「も、もうなにも言わないでください!!」

「わ、わかった」

珍しく狼狽《うろた》えながらも、バルトル様は頷いてくださった。

「君、大声出せるんだな」

「……すみません……」

恥入ってわたしは俯いたまま、特に意味もなくスコップの先で土を擦った。

しばらくそうしていると、バルトル様がなにかぽつりと呟いたようだった。

「……それにしても、君がそんなに楽しそうにするなら、もっと早く君にもなにかしてもらうんだった。これじゃ君の家族とやってることが一緒だ」

「えっ？」

バルトル様のぼやきに振り向くと、「あ」という顔をしたバルトル様と目が合った。

「ど、どうしてそんなふうに謝られるのですか？」

なぜか出てきたわたしのかつての『家族』という言葉に驚きながら、バルトル様のお顔を覗き込む。

「……あー。言わないでいいこと言ったな。……気にしないで」

「あの……」

「ごめんね、ロレッタ。君になにもさせないでいて」

「い、いえ。以前のやりとりでも申し上げましたとおり、わたしは……とても良くしていただいていると思っています」

だからこそ、自分もなにかしたいと願ったのだ。

「むしろ、わたしが楽しいことをお仕事にさせていただいていて……。もっとなにか、あればよいのですが……」

そこまで言って、わたしは「そうだわ」と思いつく。

「あの、バルトル様。バルトル様も国に魔力の糸を納めているのですよね？」

それを条件に、バルトル様は貴族籍を与えられているはずだ。

バルトル様は軽く頷かれる。

「ああ、そうだけど」

「……わたしもお手伝いさせてください。その、自動繰糸機がありますから……作業的なご負担はそうないのだとは存じていますが、少しでも、なにかしたいんです」

「えっ」

バルトル様は目を丸くしてしまった。顎に手をやり、しばし眉を顰めたのち、小さく口を開かれる。

「……君の糸を国にあげちゃうのはもったいない。それなら、僕のために糸を紡いでくれない？」

「……？　それは、構いませんが……」

「いいの？　君、ずっと家で糸ばっか紡いでたんだろう。もう嫌になってない？」

「い、いいえ。その……わたし、糸を紡ぐのは……好きでしたので……」

わたしが『病弱』だと聞いているせいか、ひどく心配そうな様子のバルトル様に言う。

「キラキラと輝いて、きれいな糸を見ていると気持ちが安らいでいたんです。だからわたし、糸紡ぎは好きでした」

「……そっか」

好きだったと語ると、バルトル様はなんだか安心した様子で微笑まれた。

「君が嫌じゃないならぜひお願いしたい。……あ、そうだ。繰糸機を使ってみてもいいしね？」

「あ、は、はい。使ってみたいです」

「よし、じゃあちょっと休憩したらやってみよう。君もそろそろ切り上げて一緒に休憩しよう」

「はい、バルトル様」

差し出された手を、自然に取っていた。

少しヒヤリとした大きな手のひら。魔道具をいじっているときに手についたのだろうオイルが拭いきれていなくて滑った感触がしたけれど、不思議と嫌な気はしなかった。……わたしも、土をいじっていたせいで手のひらについた泥が残っている。

バルトル様は元々そういうことを気にする方ではないとは思うけど、しっかりとわたしの手を握ってくれていることを嬉しいと、そう思った。

四章　ロレッタと自動昇降機

1．お守り

電力部に魔力の糸を充塡し、蓋を閉める。

まもなく、聞き慣れた時計の針の音がカチコチと聞こえてきて、わたしは達成感のあまり、ためネ息をつきながらそれを掲げ上げた。

「……できた……」

工房の照明に照らされて逆光になっている完成したばかりの『置き時計』を見つめる。

「――すごい、もうできたんだ？」

「バ、バルトル様」

後ろから覗き込まれて慌てて振り返る。長い背を丸めたバルトル様がわたしの手元をご覧になっていた。

彼の顔を見上げる。バルトル様も工房で作業中だったので、ラフなツナギ服を着ていらっしゃった。

「バルトル様の教え方がお上手でしたので……」

「本当に？　そんなこと言ってもらったの、君が初めてだな」

クス、と笑い声を漏らしながら、バルトル様は目を細める。

「僕が上手なんじゃなくて、君が一生懸命、僕の説明を聞いていてくれたからだよ」

「いえ、本当に、バルトル様はお上手でした！　ご説明、とてもわかりやすかったです」

「アハハ、大丈夫だよ。君が言うことだろ、お世辞だなんてふうには思ってないよ。ありがとう」

つい熱が入ってしまった自分を恥じて、目を伏せながら姿勢を正す。

「やってみたら簡単すぎて呆れちゃうだろ」

「そんなことはありません。一人でこれを組み立てろなんて言われたらとても……」

「一回慣れたらそうでもないよ。どんな魔道具でも、基本的には『魔力が流れる力によって動く』ことには変わらないからね」

そうかしら、と苦笑を浮かべながら首を傾げていると、バルトル様は「本当だよ」と言葉を重ねた。

「他にも作ってみたいものがあったらなんでも言って。僕がわかることならなんでも教えてあげる」

「バルトル様にわからないことなんてあるんでしょうか」

「わからないことだらけさ」

「でも、今、一回慣れたらどんな魔道具でも変わらないと仰ったじゃないですか」

「……おや、僕の奥さんはなかなか痛いところをつくね」

バルトル様はニヤリとシニカルな笑みを浮かべられた。

皮肉で返そうと思ったわけではないのだけれど……。

「一度なにかを作ってみたいと思っていたんです。本当にありがとうございます」

バルトル様にお借りして、魔道具の本を何冊も読んだけれどやっぱりわたしには難しくて、バルトル様にご説明いただいてもわからないことがたくさんあった。ならば一度『作ってみる』体験をしたらもう少し理解できるのではと思ったのだ。

そして、バルトル様が「入門向け」と仰っていた本の中から選んで、本とバルトル様の説明を頼りにしながら作ってみたのがこの『置き時計』だ。

「君が楽しそうに作ってて僕も楽しかったよ。また、なにか作ってみて」

「はい！」

二人で笑い合う。

バルトル様はふと「ああ、そうだ」と呟いて、少し真面目な顔をしてわたしに向き直った。

「ロレッタ。君に話しておきたいことがあるんだ」

「えっ……」

ドキリと一気に心臓が跳ね上がる。

わざわざそんな前置きをするだなんて、まさか、と。

「うん。実はね、明日から長期間の泊まり込みの出張なんだ」

「そうなのですか……」

切り出された言葉が、なんてことないことで心の底から胸を撫で下ろす。

いつまで経っても、わたしは「君は平民との不貞の子なんだろう？　君と結婚している意味がない、別れよう」と言われるかもしれない可能性を考えて、怯えてしまう。

「僕はしばらく留守にしてしまうから、なにか君に持っていてほしい」

バルトル様は腰に巻いた作業鞄をガサゴソと探りながら「うーん」と唸った。なにかを探す……いや、見繕っていらっしゃるらしい。

そのうち「あ」と言って、小さなドライバーを取り出すと、ニコッと笑ってわたしに差し出した。

促されて手を伸ばすと、彼の大きな手のひらがわたしの手を包み込みながら、そのドライバーをそっと握らせてくる。

「お守りがわりだよ。……なんて、色気がなさすぎるかな」

「……」

「あれ？　おい、ロレッタ。どうしたんだい」

わたしはバルトル様から受け取ったドライバーをぎゅっと胸に抱き締める。

「……ありがとうございます、大事にします」

「うん。いや、嬉しいんだけど、なんでこんなに喜んでるんだ？　相変わらず不思議な子だね、君って」

珍しく、バルトル様は少しあたふたとしたご様子だった。

「いつもバルトル様が使っているものでしょう？　これを預けていただけるなんて、これ以上に嬉しいことはありません」

「……すごいな、僕のドライバー。こんなに効力があるとは」

バルトル様は軽く上を見上げながら、目を丸くして小さく呟いた。

軽く咳払いをしてからバルトル様はわたしを見つめて、少し小首を傾げながら言った。

「僕が帰るまでにこの工房を、君が作った魔道具でいっぱいにしといてくれて構わないよ」

「まあ」

「ついうっかりで工房を爆発させちゃっても怒らないよ。でも、君が怪我したら嫌だから、できる限り気をつけてくれ」

「はい」

おどけた彼の口調に思わず口元を緩めて返せば、バルトル様は軽く眉根を寄せたようだった。

「……なんで、君ってば『はい』とか『ええ』とか言うだけでそんなにかわいいんだろうね？」

「えっ？」

……バルトル様のいつものサラッと言ってくる甘い言葉。

どんどん大げさになっていっているような気がするのは、気のせいだろうか。

2．トラブル

そして、バルトル様は出張に出ていかれた。

わたしがバルトル様の元に嫁いでから、かれこれ半年ほどが経っていた。

バルトル様は本当に良くしてくださっている。わたしにたくさん魔道具の本をお貸しくださって、簡単な工作も教えてくださって……。バルトル様はお仕事として魔道具に関わっているだけではなく、純粋に魔道具というものがお好きなのだなと思う。

彼が楽しげにたくさんお話しするとき、いろんなことを教えてくれるとき。その嬉しそうなお顔を見ているとわたしの胸も温かくなるのだった。

バルトル様のお屋敷にも、王都にも慣れてきたわたしは、近頃は一人でも街に出掛けるようになっていた。

バルトル様がしばらく家を空けている間、奥様もお屋敷にお一人では寂しいでしょうという使用人らの勧めもあり、日が高いうちは街に出歩くことが増えていた。

城下町は相変わらず賑わっている。老若男女、さまざまな服装の人々が行き交う。それを見ているだけでも楽しい。

「おっ、ロレッタちゃんじゃねえか！」

「あ、ロッカおじさま。こんにちは」

「おじさまなんてガラじゃねえよ！　しかし、アンタもすっかりお嬢様って感じのべっぴんになったなあ。髪も伸ばして、大変だったろ」

「いえ……髪を伸ばすのには憧れていたんです」

はにかんで応える。初めてバルトル様とここを訪れた時に果物をくれた八百屋のおじさまだ。彼はわたしを平民の娘と思っているようで、「成り上がり男爵の夫に合わせて淑女らしく努めようとする良い子」というのが彼のわたしのイメージらしい。

彼に言われたとおり、わたしの髪は半年前と比べて目に見えて長くなっていた。セシリーをはじめとしたお屋敷の侍女たちも毎日丁寧に手入れをしてくれて、わたしの黒髪は艶やかに輝いている。髪は磨けばこんなに美しく輝くものなのかと、わたしは驚いたものだった。

「かあーっ、本当にどんどんべっぴんになってまあ。夫婦仲良くやってるみたいでよかったよ」

「ふふ、ありがとうございます」

大きなリンゴを二つ買い、大きく手を振る彼に応えて手を振りながら屋台の通りをあとにする。

街を歩くのは楽しい。ここが彼の庭、彼を育んできた場所なのだと思うと、余計に。

街並みを見る、行き交う人を見る、住居の壁に吊るされた洗濯物を眺める。

それだけで胸がきゅう、と心地よく締めつけられる。


しばらく街を歩くと、気がつけば見上げた首が痛くなるほど背の高い塔の前に行き着いていた。

（物見の塔だわ）

結婚してすぐ、バルトル様に連れて行っていただいたあの塔だ。懐かしく思い、わたしは吸い寄せられるように塔の中に入って行った。

バルトル様と訪れた時はたまたま自分たち以外は他に誰もいなかったけれど、今日は時間もよかったのか、なかなかの賑わいを見せていた。

屋上階には階段でも行ける。小さな男の子が階段に走っていくのを追いかけていく父親らしき人物が目に入り微笑ましくなる……けれど、物見の塔はとても高い。それを走って駆け登っていくのは……ちょっと想像しただけで大変すぎる。

（わたしは自動昇降機《エレベーター》を使わせていただきましょう）

もしもバルトル様と一緒だったら、二人で「疲れた」「足が痛いね」など弱音を吐きながら登っていくのも楽しそうだったかもしれない――そんなことを考えながら、わたしは自動昇降機《エレベーター》待ちの列に並んだ。

ほどなく「チン」という音とともにパネルが光り、鉄の扉が開く。

庫内はなかなか広く、十人ほど乗れただろうか。最後にかわいらしい赤い靴を履いた女の子が母親と手を繋いで乗り込んできて、扉が閉まった。

ぐんっ、と不思議な浮遊感と共に、自動昇降機《エレベーター》は上昇していく。

扉上部に設置されているパネルの光が地上階から屋上階まで、今はどの位置にいるのかを教えてくれる。上に上がっていく感覚と、パネルの光が動いていくのを見ていると不思議と気持ちがワクワクとした。

……ガタッ……。

「——きゃ——っ！」

「ウワッ!?」

そして急に、なにかに引っ張られたかのような抵抗を感じたのち、グラッと勢いよく庫内が揺れた。

（……!?）

思わず体勢を崩して、壁にもたれかかる人や、床にしゃがみ込む人。

揺れがおさまり、わたしも壁に手をつきながら、周囲をぐるりと見回す。

……幸い、大きく頭や身体を打ちつけた人はいない様子だった。

ただ、みんな、動揺している。当然だ、わたしも動揺しているうちの一人である。

「な、なにが起こったんだよ……」

二十代くらいの黒髪の青年が呆然と呟く。

……自動昇降機《エレベーター》は止まった。

わたしたちは閉じ込められたのだ。

「う、うそだろ。こんな」

「うえぇぇん！　こわいよぉ！　ママーッ！」

「大丈夫よ、ほら……緊急用の連絡ボタンがあるわ。これで……」

困惑と戸惑いの声で満たされる庫内。パニックになり泣きじゃくる子をあやしながら、母親が『緊急用』と書かれた黄色いボタンを押す。

けれど、ボタンを押してもなにも変化は訪れなかった。

「こ、これ、これでいいのか？　外に連絡はいったのか、これで？」

「わ、わかりません。でも……そ、その」

「……マ、ママ……」

「だ、大丈夫よ！　すぐに誰かが助けに来てくれるわ！」

近くにいた中年の男性に詰め寄られ、母親も不安げだったけれど彼女は気丈にも腕の中の娘さんには明るい笑顔を見せた。でも、愛しい我が子を撫でる彼女の手は小さく震えていた。

◆◆◆

庫内の照明は消え、薄暗い。

子どもは泣き疲れて、母の腕の中で眠っていた。

「……どうすんだよ、一体何時間経った？」

「何時間……はまだ経っていないかと……」

「うるせえな！　こんなとこ閉じ込められてたら、ンなのわかっかよ！」

苛立った様子の男が壁をダンっ！　と力強く叩く。わたしと、それから眠る娘を抱いている母親がビクリと肩を震わせた。

（わたしが不用意に気持ちを逆撫でることを言ってしまったから……。申し訳ないわ……）

子どもの顔をそっと覗くと、まだ寝息を立てているようでホッとする。

大人ですら、強いストレスを感じるこの状況だ。小さな身では、なおさらだろう。できることなら、事態が解決するまで眠っていてくれるとよいのだが。

「……緊急ボタン、動いてねぇんだな」

「でも、この自動昇降機《エレベーター》を待っている人たちがわたしたちの他にもいました。だからきっと、自動昇降機《エレベーター》が止まってしまったことを察してくださる方はいるはずです。もうしばらく待っていれば助けが……」

「それで何時間待ったんだよッ！」

わたしの言葉は再び彼を苛立たせてしまったらしい。たとえ解決に直接結びつかずとも状況を整理さえすれば気持ちが落ち着く——とは、限らないらしい。

彼の焦燥感を煽ってしまったことをわたしは改めて反省した。

（……荒れているのはこの人だけじゃない。みんな、苛立っているし、憔悴しきっている……）

待っていれば必ず助けは来る。……とは思っても、待つにも限界はある。狭い庫内の中で膨れ上がる不安はもはや破裂寸前であるようだった。

わたしは扉の横にある操作パネルの下にある鉄の蓋を見やった。

（バルトル様が仰っていたわ。この手のものは、こういう蓋を開けば基板部が見えると）

偶然——僥倖《ぎょうこう》とでもいうべきか。

わたしは小さなドライバーを一本持っていた。バルトル様からお借りしたものだ。

『僕はしばらく留守にしてしまうから、なにか君に持っていてほしい』

お守りがわりだよ、と笑っていたが、まさか本当に役に立とうとは。

わたしは鞄からドライバーを取り出すと、しゃがみ込んで鉄の蓋に手を伸ばした。

「……!?　おい、なにしようとしてるんだっ！」

「だ、大丈夫です。蓋を開けるくらいなら、壊れたりはしませんので……」

先ほどから大声を出している男に怒鳴りつけられるが、ドライバーを回す手は止めず、なんとか蓋を外しきり、わたしは中を確認した。

（……ええと、コレは……）

実のところ、わたしに高度な魔道具の仕組みなんてわからない。蓋を開いたところで、たくさんのコードとたくさん突起のついている板を眺めても、これらがどんな働きをしているのかは、わからない。

けれど、わたしでも……いいえ、きっと誰でも一目見ればわかるはず。自動昇降機《エレベーター》を稼働させるための『魔力の糸』を格納している部分を探す。コードが大量にうねる中、目線を下に下ろす。あった。ガコ、と内蓋を外して中を見る。

「おっ、おい、そんなバコバコ開けて平気なのかよ……ッ」

「……はい。自動昇降機《エレベーター》が停まってしまった理由がわかりました」

開いた燃料庫の中はからっぽになっていた。

「搭載していた魔力の糸が無くなってしまった……。つまりは燃料切れで機能を停止させたようです」

「はあっ!?　燃料切れぇ!?」

大声の男は裏返った声で叫ぶ。

「なので……先ほどの緊急連絡の機能も働いていなかった、ということかと……」

自動昇降機《エレベーター》が停まってしまう原因には、いくつかあるらしいというのはバルトル様から得た知識だった。

例えば地震が起きた時、この場合は揺れがおさまってしばらくすれば自動で復旧するようだ。もう一つは一部の部品の故障によるもの、この場合は故障した部位にもよるけれど燃料はあるので緊急連絡のボタンは作動するはずらしい。そして、これがおそらく今回のケース。純粋な燃料切れによる機能の停止。

「……ってことは、魔力の糸さえあれば……コイツは動くんだよな!?」

「そ、そういうことになります」

食ってかかるように大声をあげる中年の男に怯みつつ、わたしは頷いた。

狭い自動昇降機《エレベーター》の中にいるみなさんの視線が鮮やかな青色の髪をした男に集まる。

青色は水の魔力。茶や黒の髪の彼らの中で一人目立った色をした髪の男。

「あ……あんた、貴族だろ！　ま、魔力でなんとかしてくれよ！」

一気に詰め寄られ、青色の髪をした仕立ての良いスーツを着た男は冷や汗をかいていた。

「わ、私は電気の魔力持ちじゃない！　電気なら動かせたかもしれないが……」

「『魔力の糸』は!?　アレなら属性に関係なく魔道具を動かせるんだろ」

「繰糸機も無いのに、魔力の糸なんて作れるか！」

あ、と思う。

バルトル様が、今の貴族たちのほとんどはもうずっと繰糸機に頼りきりで手紡ぎなどしないのだと仰っていたことを。自分は母から手紡ぎのやり方を教えられていたからいまいち実感が湧いていなかったのだけれど、本当にそうなのねと思ってしまう。

……と、そんな場合ではない。前もってちゃんと言っておけばよかった。

……わたしが魔力の糸を作ります、と。

わたしが本来ならば魔力なしの証、平民と同じ黒髪であるせいで、みんなの期待が彼の方に向かってしまった。配慮が至らず申し訳ない。

（……わたし、わたしでも、魔力の糸……だけなら……）

わたしは手を動かした。クルクルと指先を回す。シュルリと細い糸が煌めいた。

もしも、この自動昇降機《エレベーター》が停まってしまったのが『燃料切れ』だったのなら、わたしでも——なんとかできるかもしれないと、そう思ったのだ。

万が一部品の故障とかだったらどうしようもできなかった。けれど、これなら。

余計なことをして、期待心を煽るだけ煽ってなにも解決できなかったらと思うと、逡巡はしたけれど、でも、自分がやれることがあるならば、と。

「……きれい……」

誰かが一言、ぼんやりと呟いたのが聞こえた。

「……『黒髪』が、魔力の糸を……？」

周りの乗客らから詰め寄られている青髪の貴族が目を見開いてパチパチ瞬きを繰り返し、こちらを見ていた。貴族である彼は当然、わたしの容姿を見て「自分以外の人物は全員平民だ」と疑いもしなかっただろう。……実際、身体を流れる血の半分はそうなのだけど……。

「……コレを、燃料庫に入れてみます」

どうか、これで動きますように。

祈りながら、わたしは燃料庫に紡いだばかりの糸の束を入れ、蓋を閉めた。

「な、なんともならんぞ」

ずっと不安そうに大きな声を出していた中年の男性が、震えた声をあげる。

そして、その直後。

——ガコッ……。

「……う、動いた！」

「動いたぞ！」

ガタ、ガタとしばし揺れ、そして、自動昇降機《エレベーター》が動き始めた。加速するにつれ、グンと重力が身体にかかる。

「……よかった……」

ほっとため息をつく。

自動昇降機《エレベーター》はほどなくして、最上階へと到達し、重い重い鉄の扉は開かれた。

眩しい光を前に思わず目を細める。

自動昇降機《エレベーター》前には物見の塔の職員らしき制服を着た人が数人と、見物客がザワザワと集まっていた。

「ああ！　よかった、動いたんですね!?」

「オイ！　管理が悪りぃじゃねえか！　燃料切れだったたって話だぞ！」

「すっすみません！」

中年男性がガラ悪く職員に詰め寄る。

……なんでも、自動昇降機《エレベーター》が止まったことにはすぐに気づき、魔道具士たちに緊急連絡はいれていたけれどすぐに来れる魔道具士の都合がつかず、救助が遅れてしまった……とのことらしい。

「たまたま貴族サマがいて助かったけどよ……クソっ」

（……わ、わたし。これは……感謝……されているのかしら？）

男はわたしをチラリと横目で見て、すぐに目を逸らし悪態を吐きながら舌打ちをした。……助かった、と感謝されているのか、「貴族なんかに助けられちまった、クソが」のどっちなのか、お気持ちがちょっとよくわからない。それとも「自動昇降機《エレベーター》が止まったこと」に対して「クソ」と仰っているのか……。

「あ、あの、ありがとうございます……助かりました。ほら、ミィナも」

「おねえちゃん！　ありがとー」

「！　い、いえ、とんでもないです」

閉じ込められていた母娘に揃ってぺこりと頭を下げられ、わたしは慌てて首を振る。

「ママ、もういこうよー、あっち！　たかいとこ行きたい！」

「ああもうっ、すみません。あの、本当に……ありがとうございました！」

小さな女の子はさっきまであんなところに閉じ込められていたとは思えないほど朗らかな様子で、
安心する。手を振って見送る。

「……まずは礼を言う。しかし、あなた……どこの家のご令嬢なのだろうか。魔力の糸を作れるのならば、貴族であろう」

先ほどから青色の髪であることから「貴族だ」と思われ囲まれていた男性が次に声をかけてきた。

「失礼ながら、君のように……黒い髪のご令嬢は存じ上げず……。……ああ、いや、黒い髪の娘が生まれたという家の噂は聞いたことがあるが……しかし……」

「……」

彼は眉根を寄せ、記憶の糸を辿っているようだった。

わたしは彼の独り言を振り切るように、口を開いた。

「わたしは、魔道具士バルトル・ガーディアの妻です」

「魔道具士の？」

青色の髪の彼は怪訝そうに片眉を上げた。

「……ええと、あー。あなたが……その、自動昇降機《エレベーター》の燃料庫開けて、動かしてくれたって人で、いいのかな？」

「あ、は、はい」

と、そこに施設の職員がわたしに声をかけてくる。

「……引き止めてしまってすまない。私はこれで失礼しよう。……助けてくれてありがとう」

「あ……」

彼が記憶を深掘りしようとするのをやめてくれ、ホッとすると共に、少し複雑な気持ちがチクリと胸を刺した。

……けれど、わたしはもうアーバン家の隠された不貞の子ではなくて、バルトル様の妻なのだと、そう名乗りたいと思ったし、そう思われたいのだと、思ったのだ。

……わたしが魔力を持った子は産めないのだろうとわかったら、バルトル様はわたしとは……離縁するかもしれないけれど……。

「勝手なことをして申し訳ありませんでした」

施設の職員の方に向き直り、頭を下げる。

「ああ、まあ、本当は困るんだけどさ。でも、助かったよ。しばらく魔道具士の人たち来れないみたいだったし……。早く助かるならそれより良いことはないからね」

「あ……ありがとうございます」

「しかし、よくまあお嬢さんみたいな人があんな魔道具の中を開いてみようと思ったね」

「ええと……わたし、主人が魔道具士で……少し構造を教えていただいていて」

へえ、と職員さんは目をぱちくりとさせ、わたしを見る。

「実はこの自動昇降機《エレベーター》、だいぶ古い型でね、電気の魔力でできた魔力の糸でないと動かないんだ。いやあ、お嬢さんが都合よく電気の魔力持ちみたいでよかったよ」

「……そうなのですね」

「しかし、黒髪のお嬢様とはまた珍しいね。お貴族様っていったら、大体なんかキラキラしい髪の毛しててよ……あっ、すみません、こんなこと言って」

「いえ、お気になさらず」

職員さんの言葉でわたしは確信を得る。

……わたしの魔力の糸は、やはり……『電気』の性質を持っている。だから、『電気の魔力の糸』として納品されていても問題がなかった。

バルトル様からお話を聞き、バルトル様を疑っていたわけではないけれど……実際に自分の紡いだ糸が、『電気』でなければ動かない魔道具を動かしたことで、ようやく実感が湧いた。

……わたしに『電気』の魔力は扱えないのに。なぜ糸にだけは電気の魔力が含まれているのか、それはわからないけれど……。

その後、閉じ込められていた方たちの健康確認があった。全員体調に異変はないということで、わたしたちはそれぞれ帰路についた。

◆◆◆

「いや、まさか燃料切れとは。でも、今朝確認した時には規定通りの魔力の糸を燃料庫に設置していたんだろう?」

「ああ、ちゃんと二人体制で確認したさ。それは間違いないんだが……」

物見の塔のスタッフたちは、今回の事故を重く見て緊急で反省会議を開いていた。

あのあと遅れて到着した魔道具士の立ち合いのもと、自動昇降機《エレベーター》本体も点検表も確認したが、普段と違うところは一切なかった。

「魔力の糸は貴族個人の魔力の強さなどによってもエネルギー効率が変わる。それも考慮に入れて一日分はゆうに持つ量を設定している。それなのに……」

「わざわざ質が良いと評判の『アーバン家の魔力の糸』を買い上げて使っていたのにな……」

施設の職員たちはみな、首を捻るのだった。

3．あなたの、金の髪

「君って結構思い切りがいいよね」

出張からお戻りになったバルトル様。数日前の自動昇降機《エレベーター》の話をしたところ、やたらしみじみとそう言われてしまった。

「そう……でしょうか」

「ハハハ、まあ僕のお守りも役に立ったようでなにより」

「はい、とても助かりました」

バルトル様が不在の間、持たせてくださった小さなドライバー。それがなければ、閉じ込められたままどうしようもなかっただろう。

「それにしても……施設の職員の方のお話では、すぐに来れる魔道具士がなかなかいなかったとのことでした。あまり、魔道具士の人数は多くないのですか？」

「まあそうだね、誰でもなれる職業ってわけでもないから。案外平民よりも貴族の方が魔道具士の資格自体は有してたりするんだが……まあ、形骸的、っていうのかな？　お家の伝統になっているから魔道具の勉強をして、資格は取るけど実際に魔道具士としては働いてない、って人が多いみたいだ。魔道具自体は生活に身近であっても平民は魔道具の本格的な勉強をするってところでハードルが大きいし、そういうので、実際働いてる魔道具士は少ないといえる」

「そうなのですね……」

「昔は貴族でないと魔道具士の資格、取れなかったらしいよ」

バルトル様はなんだか遠い目をして、肩をすくめられた。

……きっと、バルトル様も魔道具士として台頭されるまでに多くの苦労があったのだろう。そう思う。

「さて、留守にしていた間に僕の工房に来た依頼もこなさなくちゃな。うん、たしかに魔道具士は忙しい」

グッとバルトル様は大きくのびをする。

忙しいと仰るバルトル様の横顔は苦笑を浮かべられていたけれど、どこか誇らしげに見えた。

◆◆◆

空が茜色に染まるころ。

いつもなら、そろそろ仕事を切り上げられたバルトル様が食堂にいらっしゃるはずなのに、今日はなかなかお見えにならなかった。

きっと工房での作業に夢中になっていらっしゃるのだ。

「わたしがお呼びしてきます」

使用人の一人がバルトル様の工房に向かおうとしたところを引き留め、わたしは椅子から立ち上がり、バルトル様のところへ向かった。

バルトル様が屋敷で雇い入れている使用人たちはみんなよい意味で堅苦しくなくて、アーバン家にいた頃はずっと離れで一人きりだったわたしでも気安かった。わたしがそそくさとバルトル様の元へ向かおうとするのを咎めることなどなく、優しい笑みで見送ってくれる。

……バルトル様に少しでも早くお会いしたい。そんな気持ちをみすかされているようで面映くて、余計にわたしは足早に歩いてしまった。

久しぶりに屋敷にお戻りになったから、つい、そんな気持ちが湧いてしまったのだ。

(朝もお会いしたのに……)


そして、あっという間に工房にたどり着く。

横開きの扉を開き、外から差し込む夕陽に照らされる金の髪。

ほとんど無意識でわたしは顔を緩ませてそれを眺める。

バルトル様は工房の床に座り込み、なにやら真剣な面持ちで図面を睨んでいらっしゃった。

「……あれっ、ロレッタ」

「こんばんは、バルトル様。お夕食の時間です」

「ああ……ごめんごめん、つい没頭しちゃって」

声をかけずにじっと見ていたのに、バルトル様はわたしに気付き、お顔を上げた。ずっと眺めていたいと思っていたくらいだったので、なぜだかそれにちょっとだけ残念、と思ってしまう。

バルトル様はわたしが呼びに来たことに気がついてもなお、睨めっこしていた図面が気になるようでうーんと唸りながら、また顔を俯かせていた。

「……大変なお仕事なのですか？」

「うーん、なんかうまくいかないんだよな。大丈夫、でも、楽しいんだ、これが」

「ふふ、そうなのですね」

口を尖らせていた彼だけど、パッと顔を輝かせてわたしを見上げてくれる。眩しい笑みは、彼の言うことが本心から、本当に「楽しい」と思っていらっしゃるのだと雄弁に語っていた。

その顔がなんだか微笑ましくて、わたしも微笑を浮かべていると、彼の身なりがずいぶんと汚れてしまっていることに気がついた。きれいな金の髪も、整ったお顔の鼻筋も、頬も、色んなところに汚れがついていた。

「髪に油汚れがついていますよ」

ハンカチを取り出し、彼の髪の汚れたところを拭う。

汚れを拭い去り、そして、そっと彼の髪に触れた。自分の髪よりも硬質で不思議な手触りに感じられた。

「……おや、ブロンドヘアーはお嫌いじゃなかったかな」

「あっ……」

ジッと自分を見つめる青い目と目が合って、我に返ったわたしはハッとして一歩あとずさった。

「す、すみません。つい……」

髪や頬を油や煤で汚れさせてニコニコしている彼がいつもより幼げに見えて。それに、いつもは見上げている頭が床に座り込んでいるおかげで自分の目線よりも下にあったから、そのせいでなんだか手が伸びてしまったのだ。

思わず頬を手で押さえると、我ながら熱くてびっくりする。

「そうかそうか。ぐしゃぐしゃに汚れていれば良いんだね。じゃあこれからはいつも髪を汚していよう」

「そんなことを仰って……。わざとお汚しにならなくとも、その、お仕事は毎日されるのでしょう?」

「うん。毎日、夕暮れごろにはぐしゃぐしゃのきったない頭をしているはずだ。だから毎日この時間に会いにきてくれ。君好みの頭をして待っているから」

「まあ」

冗談めかして言う彼の言葉にクスリと笑う。

「……君が、僕の顔を見てくれるようになって嬉しい」

「あ……」

「顔を上げて、僕とおしゃべりしてくれるようになったよね。いつ頃からだったかな。……ありがとう」

「そ、そんな、あの、むしろ、その、す、すみませんでした」

「なんで謝るの？」

「バルトル様こそ、どうして、ありがとうだなんて……」

「嬉しいからだよ」

言い切られて、わたしは押し黙る。

俯いたところでバレバレなくらい……きっと、わたしの顔は真っ赤だ。

「……君がお迎えに来てくれたのも嬉しかったな、だからさ、明日もまた迎えに来てよ」

「……はい……」

熱いわたしの手を、バルトル様の意外とがっしりとしていて冷たい手のひらが包み込んだ。

バルトル様はぎゅっとわたしの手を握り、幸せそうに目を細められるのだった。

4.「うちの繰糸機の調子が悪いんだ。来てくれるかい?」

「いや、すまんねバルトルくん。私はまだ全然使えると思うんだが、娘がもうしきりに調子が悪くて買い替えるべきだと言って聞かなくてねぇ……」

「いいえ、仕事ですから。お気になさらず」

ザイルにとっては苦渋の決断だった。

この成り上がりの魔道具士に頼らねばならないとは。

いけすかないいかにも軽薄そうな愛想笑いを浮かべる男だ。

どんどんと国に納品する魔力の糸の量が減っている。それはつまり、アーバン家の収入の著しい減少を意味する。

ザイルは、いや、アーバン家は最も重用される『電気』の魔力を持つ一族ではあったものの、魔力の量にあまり恵まれてはいなかった。だから、魔力の量を増やすのを目的に一族とは違う属性の魔力であるが、魔力量が豊富である家系のマーゴットを嫁にもらったのだ。

第一子は妻の不貞による子だったためなんとも残念な結果となったが、第二子ルネッタはザイルの期待通り、電気の魔力かつ膨大な魔力量を持った子だった。

そのルネッタの調子がずっと悪いのだ。そして、「自動繰糸機がおかしくなっていてそのせいだ」としきりに言っており、実際に生産量がルネッタがいままで紡いできた量とは比べ物にならないほど減っている。

繰糸機は大型の魔道具だ。買い替えるなどもってのほかだが、メンテナンスにも金がかかる。

ザイルは娘を嫁がせてやったろう、とメンテナンス料を値切るつもりで卑しい成り上がり《バルトルル》を呼んだのだった。

「ときに、アレはどうだね。具合は。子どもの方はできそうか？」

「……すみません、今日は仕事で来ていますから。あまりプライベートなことは」

「ハハッ、意外と固い男だな！　まあ、可愛がってやってくれ」

バルトルル。顔は良いが、所詮は平民だ。容姿が整っているといっても、安っぽさがある。だが、そのチープさゆえにモテるのだろう。相当遊んできた顔をしている。

（……ロレッタは早々に飽きられておるかもな、まあいい。離縁さえしていなければ。そのうち子もできるだろう）

ザイルはバルトルルのつれない返事から、不貞の娘は彼からは愛されていないのだろうと推測した。

不貞の子、ロレッタ。せめてまともな魔力を持っていればよかったものを。あの娘は魔力だけはあるようだが、なんの力も発揮できない出来損ないだった。だがそれも、どこの馬の骨ともつかぬ黒髪の平民との間にできた子ならばさもありなん。ザイルは貴族至上主義者であり、平民を見下している。ザイルはロレッタを完全に見限っていた。

「……そうですね、だいぶ老朽化はしていますけど、買い替えるほどではないかと。汚れや埃の詰まりのあるところをきれいにして、油を差しました。これで動きはよくなるのではないでしょうか」

「おお、そうか！　ご苦労」

三十分ほどして、作業を終えたらしいバルトルがザイルに声をかけた。

買い替えるほどではない、という言葉にザイルはホッとする。

バルトルは点検結果と作業内容、それからそれらの作業代金をまとめた紙をザイルに手渡した。

ほう、とザイルは受け取ってしげしげと眺める仕草をしてから、声を潜めて言った。

「……で、だ。ちょっとまからんかね」

「はぁ……」

バルトルは片目を軽く眇めた。が、すぐにいかにも営業用といった笑みを浮かべた。

「……お代は結構です。ちょっとこのあとに他の仕事も入っていますので、これで失礼させていただきます」

「ああいや、すまんね！　いやあ、ありがたい。またおかしくなったら君に頼もうかな！」

お代はいらない、と言われた途端にザイルは頬を緩めた。

忌々しい成り上がりは最後まで上辺だけの笑みを浮かべていてそれは気に食わなかったが、気前がいいのは素直にありがたい。

ザイルは機嫌よくバルトルを見送ろうとした。

「……ああ、すみません。少し、いいですか?」

「うん?」

しかし、それをバルトルの声が止める。

「ロレッタの暮らしていた離れはそのままですか?」

「……ああ。アレの住んでいた離れな。そのままにしてあるよ、妻がどうもあのまま放っておけというのでね」

「忘れ物があるようなので、取りに伺っても?」

ザイルは不可解だ、とばかりに眉をあげた。

◆◆◆

(……あんなもんをわざわざ取りに行くとは。ふん、あんなのを後生大事にしているとはさすが野良犬の子らしい幼稚さだが、意外とアレなりにうまくあの男に取り入っているようだな)

そして、ザイルが屋敷の居間に入ると、愛娘ルネッタにすごい勢いで飛びつかれた。

ルネッタはきゃあきゃあとはしゃぎながら窓の外を指差す。

「……お父様、今の方がバルトル様!? 噂には聞いていたけどすごい美男子じゃない！」

「ルネッタ」

「あの人とお姉さまが結婚したの？ ひどい、お姉さまとじゃ全然釣り合ってないじゃない。平民の男爵なら私のお婿さんにすればよかったのに！ あの人、電気の魔力持ちなんでしょ？ ちょうどいいじゃない！」

「なにを言ってるんだい、ルネッタ！ 君のように魔力の才も、美しさも兼ね揃えた女性があんな平民の男と婚姻するなんてとんでもない！」

それに、生意気なことにあの男とは条件の不一致があった。アーバン家は婿が欲しいのに、あの男は我が家に求婚をしようと接触してきた時、「自分のところに嫁に来てほしい」と譲らなかったのだ。卑しい平民らしい。運よく恵まれた能力を持って生まれてきただけのくせに、出世への野心は一丁前のようだった。

あの男にこれ以上成り上がられてたまるか。

ザイルはその思いで、アーバン家の汚点、不貞の娘を奴に押し付けてやった。父親の血は野良犬のものであるのに、あの男は喜んでアレを娶ったのだから、それだけでもザイルは愉悦を覚えていた。

「ルネッタ。親戚のファウストおじさんからまた婚姻の申し出が届いているわよ。あの人ならアーバンの血も濃いのだから、この家を継ぐつもりならこういう人と婚姻するのがいいんじゃない?」

マーゴットがフラリと現れてルネッタに分厚い封筒を手渡す。ルネッタはみるみるうちに眉間に深い皺を作り、封筒を床に放り投げた。

ファウスト。ザイルの祖父代の兄弟の家系だ。彼も電気の魔力を持っている。アーバン家の電気の魔力を高めることを考えればたしかに、政略的には彼との婚姻は望ましかった。

しかし、ルネッタは母の言葉に噛み付くように高い声でキャンキャンとがなっていた。

「いやよ、あの人ったら私の胸ばかり見ているんですもの!」

ああ、と思いながらザイルは娘の豊かに育った胸に目を落とした。次いで、その横に立つマーゴットの胸も一瞥する。

ルネッタはザイルにもよく似ていたが、顔の造りや体型は母マーゴットにそっくりだった。マーゴットは派手な美人という言葉が合うような華やかな顔つきにメリハリのある体型をしていた。

だが、ザイルにとってはそそられない。若い頃はそれなりに楽しめたが、いつもつまらない顔をしていてそれが気に入らなかった。ルネッタを産んだあとはもうどうでもよかった。

不貞の娘の方も身体つきだけは母親に似たようだったが、あの娘こそダメだ。多少体型が良かろうと色気が全くない。

それに比べ、ルネッタは我が娘ながら魅力的なレディに育った。血の繋がりさえなければ……と思うほどに。

娘の華奢な肩を撫でながらザイルは目を細めた。

「心配いらないよ、ルネッタ。お前にはクラフト侯爵家の次男坊から縁談の申し出が来ているんだ。おい、マーゴット。そっちの方の話を進めておけと再三言っていたろう。ファウストなんぞどうでもいい、あんなのただの好色たぬき親父だ。ルネッタにふさわしくない」

「えっ……もしかして、あの『氷の貴公子レックス』様!?」

ルネッタは母譲りの茶色の瞳を輝かせた。

「そうだ、女には興味がないと噂されていたが、なんでも我が家が国に納品している魔力の糸を見て、ぜひこの上質な糸を作ることのできる人と縁を結びたいとのことでね、婿入りにも納得してくださっている。こんな良縁なかなかないぞ！」

ザイルは深く頷き、誇らしげに鼻の穴を膨らませながら娘を讃えた。

「……えっ」

しかし、ルネッタの反応は芳しくないものだった。さきほどまでは『氷の貴公子』と呼ばれるまでの絶世の美男子である彼との縁に瞳を煌めかせていたのに。

「うん？　どうしたね、ルネッタ」

「……い、いいえ。なんでもないわ……」

表情を曇らせる娘を訝しく思いながらも、ザイルはあまりにも良縁すぎて気後れしているのだろうと解釈することにした。

咳払いをしてから言葉を続ける。

「しかし、お前の力をみそめてもらったわけだが……最近、魔力の糸の納品量も質も落ちていると国からはせっつかれているんだ。あの男に繰糸機も直させたし、そろそろ調子も戻るかい?」

「……」

ルネッタは顔を俯かせてしまう。

美しいだけでなく、才に溢れ、働き者の娘。

だが、ここ半年ほどずっと調子を崩し続けているのが、ザイルは心配だった。

本当はもっと甘やかしてやりたいのだが、ザイルはあまり魔力の量に恵まれてはいない。ルネッタがアーバン家の頼りなのだった。

「お父様、私、『魔力継承の儀』がしたいのですけれど」

ややあってから顔を上げたルネッタの目には力強い輝きがあった。

魔力継承の儀。親の持つ魔力を子に譲り渡すことにより、力をさらに強めることを目的とした儀式である。

ただし、それは血のつながりのある親族間でしか執り行うことができない秘術なのだった。

5. わたしの大切な

今日はバルトル様はメンテナンスの依頼が来たため、出張にでられていた。

庭の花木の世話をしながら、早く帰ってこないかと遠くを眺めていると、夕暮れに照らされた見慣れた金の髪が目に入り、わたしは気づけば小走りで門の前まで向かっていた。

「バルトル様！　おかえりなさいませ」

「おや、庭仕事？　相変わらず庭が好きだね。もう風が冷たい季節になったろう？」

スッと大きな手のひらが伸びてくる。わたしの頬に触れたバルトル様の手のひらのほうがよっぽど冷たい。

「早く家に入って、温まりましょう」

「うん、それがいい」

互いに微笑みあって、玄関をくぐった。


居間のソファに座ってすぐ、侍女の一人が電気毛布を持ってきてくれた。これも魔道具だ。

バルトル様は「電気の魔力じゃなくても動くように作ってるくせに、なんで『電気』毛布って名前をつけたかな」とぼやきながらも、かつての偉人が発明したらしい利器のもたらす温もりには抗えないようで、大人しく膝の上に乗せていた。

「君の本、持ってきた」

「えっ？」

かじかんだ指が温かくなってきたころ、唐突にそう切り出したバルトル様は机の上に、それらを広げた。

それを見て、わたしは目を丸くする。

見慣れた表紙。わたしがあの離れに残していった本――それも、わたしが好きだと話したものばかり。

でも、その話をしたのはもう、だいぶ前のことになる。

「お、覚えていてくださったんですか」

「これでもなかなか記憶力はいいほうで通ってるんだぜ、僕」

一冊を手に取る。……何度も何度も読んだから、癖がついて、角が丸くなってしまった絵本。間違いなく、わたしの持っていた本だ。

信じられない気持ちでわたしはそれを見つめる。

「……バルトル様。どうしてわたしの実家に……？」

思わず、つぶやきがこぼれた。

「たまたまだよ。近くに行く用事があったから」

そう話しながら、バルトル様は青い目を細められた。

「全部は持ってこれなかったけど、君が好きだって話してたやつだけでも持ってきた。あーあ。ちゃんと荷台でも引いていけばよかったな」

「そ、そんな……」

微笑んだまま、バルトル様はわたしを見つめる。

急なことで戸惑っているせいか、わたしの心臓は早鐘を打っていた。

「……」

懐かしい。素直に、そう思った。

本をぎゅうと胸に抱くわたしを見て、バルトル様はくすりと笑う。

「よかった。うれしそうな顔してくれたね」

「あ……あ、ありがとうございます」

「その顔が見たかったんだ」

一拍おいて、バルトル様はいつもより少し低い声で仰った。

「どうして本、置いていこうと思ったの？」

「だって、荷物になりますから……。かさばりますし、重いですし」

「あんなガラガラの荷馬車にしておくより、そっちのがよかっただろ」

「……その」

「責めてないよ。もっとちゃんと、あの時君に聞いてあげたらよかった」

「……ごめんなさい」

自分で思うよりも弱々しい声が出た。

そうすると、バルトル様はやっぱり悲しげに声を嗄らせた。

「ごめん。……違う、君が悪いんじゃない。もっと僕が、ちゃんと考えてあげられたらよかったんだ。僕、君が……どういう思いであの家でずっと過ごしていたのか、思いもよらなかったんだ」

「バルトル様」

「君が言えるわけなかったんだ。あの時。君はそういう環境にはいなかったから」

わたしは唇を噛む。バルトル様は真っ直ぐにわたしを見つめていた。

「あの日のこと――僕、ずっと後悔していた。君は……悲しそうな顔をしていたのに」

ふう、とバルトル様は肩を落として細くため息をついた。そして、かぶりを振る。

「ごめん、ダメだな、僕は。言わないでいいこと言って、君を傷つけて」

彼のその言葉と表情に、わたしの胸がぎゅうと締め付けられる。

バルトル様がこんな顔をする必要なんて、ないのに。

「……そんなふうに、言わないでください」

気づけば、わたしはバルトル様のシャツの右腕を掴んでいた。

「わたし、バルトル様が……。わたしが話していたことを、覚えていてくださって。わたしが、心残りに思っていたことにも気づいていてくださっていて、わたしのために今日こうして届けてくれた。とても嬉しかったです」

すぐそばにあるお顔を見上げれば、バルトル様はいつもより少しだけ目を大きくしているようだった。キラキラとした青い瞳には、わたしが映り込んでいる。

「ごめんなさい、わたし……言えなかったのに。本当は持って行きたいものがあったなんて。……それなのに」

「……ああもう、僕、ほんとダメだな」

首を振り、金の髪をグシャリとやってバルトル様は掠れた声で言った。

「君にそんなことまで言わせちゃダメだろ。……ダメだよ。ごめん、ロレッタ」

「バルトル様」

バルトル様にしては珍しく、わたしの顔を見ないまま、俯いて告げられた謝罪の言葉にわたしは息を呑んだ。

背の高い彼の顔を覗き込むように見上げながらわたしは目を細め、口を開く。

「……バルトル様、ありがとう。今夜、一緒に読みましょうね」

バルトル様はもう一度目を大きくしてから、ニコと微笑む。

不貞の子は
父に売られた
嫁ぎ先の
成り上がり男爵に
真価を見いだされる
天才魔道具士は黒髪の令嬢を溺愛する
A genius magician dotes on a black-haired lady
三崎ちさ
Illustration 花染なぎさ
初回版限定
封入
購入者特典
特別書き下ろし。
かわいい君の
※『不貞の子は父に売られた嫁ぎ先の成り上がり男爵に真価を見いだされる　天才魔道具士は黒髪の令嬢を溺愛する』をお読みになったあとにご覧ください。
EARTH STAR
LUNA

バルトルの言い分が意味がわからなくてますます混乱する。

「こんなこと思ったことないのになあ。なんでだろうね？」

「……わたしも、わかりませんが……」

バルトルは澄んだ目をしながら、首を傾げていた。

人の耳たぶを見て、「おいしそう」は……なかなかない感想なのではないかと思うが、どうなのだろう。

わたしも世間には疎いから、よくわからない。

「君の身体にあったはずなのに、無くなっちゃった部分なんだなあと思ったら、なんか食べてみたくなっちゃった」

これは、耳たぶに小さく開いた穴のことをさしてのことだろう。食べてみたくなっちゃったとの意味のつながりは、よくわからないけれど。

「……あの、本当に食べちゃったら、ダメですよ」

「食べないよ！　なに言ってるの、ロレッタ」

「わ、わたしが変なこと言ったみたいにするのやめてください」

怪訝な目をするバルトルにわたしも慌てて言い返す。

「そうか、僕は君のその穴が開いちゃった部分には一生出会うことがないんだな。残念だな」

「あの、ほんの……ちょびっとですよ」

「なんだか気づいたら悲しくなってきた。……そうかあ、小さい時からずっとその穴は開いてるのか。会いようがないよな、さすがに」

「まさかこのピアス穴にそんな情緒を持たれるとは思いもしませんでしたが……。あの、本当にほんのちょびっとですよ、バルトル」

「ちょびっとだけどさ」

咥えられた耳を再び差し出すと、拗ねた表情をしたままバルトルはわたしの耳たぶをつまみ、そして先ほどのように開いた小さな小さな穴を指で何度もなぞる。

「……ねえ、ロレッタ。あのさ、もう一回食べていい」

「……本当に食べちゃダメですよ」

食べないよ、と繰り返しながら、バルトルはなんだか甘えるような顔をして、わたしの耳たぶを口に咥え、今度は小さな穴にほんの少しだけ歯を立てた。

「……そうだね。その表紙についたシミはなんなのかも解説してくれるのかな？」

「あっ。……もう、バルトル様」

ごめんごめん、とおどけて笑ってみせたバルトル様の表情はいつもの眩しい笑顔だった。

五章　マダム・ルリーナ

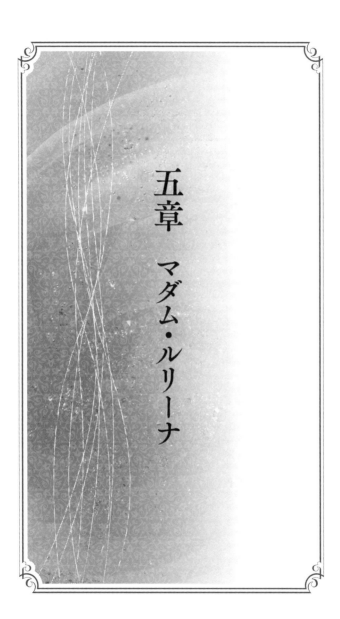

1. お茶会の誘い

「ロレッタ。……ごめん、ちょっと断れないお誘いが来たようだ」

「は、はい」

便箋を掲げて苦笑いを浮かべるバルトル様を見て、わたしは背筋を伸ばした。


――断れないお誘い。……とうとう来たのだ。

おそらくは、夜会。

バルトル様は平民の出自である男爵ではあるけれど、魔道具士として並々ならぬ才覚を発揮している彼が多くの夜会に招待を受けていることは想像に難くない。

いままでは「無理をさせたら体調が心配だから」というバルトル様の優しさで、そういった場にはわたしを連れて行かないで済むように配慮してくださっていた。けれど、いつまでもそういうわけにはいかないことはわたしも承知している。

(こんなにみなさんによくしていただいているんですもの。……大丈夫)

むしろ、そろそろ、自分もそういう場に出なければいけない。いや、出るべきだろうと思っていた。

——それに、これでも最低限の社交のマナーは母から叩き込まれている。文字通り身体で覚えさせられた経験は、久しくレッスンを受けていなくてもそう簡単に消えたりしない。

胸の前に手を当て、顔をこわばらせるわたしの頭上からクスッと小さな笑い声が降ってきた。

「まあ、なんというか……私的なお誘いだから、そう身構えなくて大丈夫だよ」

「そ、そうなのですか？」

意気込んでいるのが目に見えていたのだろうか、あやしているかのように優しい声音でバルトル様は仰った。

「うん。彼女は僕がお世話になっている人でね。これ、封筒。招待状は僕宛にきたけど、それとは別に君にも手紙を書いてくれたみたい。君宛だから封は開けてないよ」

「そうなのですね……。わたし、てっきり……」

バルトル様のご友人からのお誘い……だとしても、相当緊張はするけれど……。オープンな場所ではない、ということは少しわたしを安心させた。

「ごめんごめん、思わせぶりな言い方しちゃったね」

手渡された封筒を眺める。……これは、フェンレス侯爵家の封蠟だ。お母様にかつて教え込まれた我が国の高位貴族らのシンボルが瞬時に思い浮かんでいた。

ひと目見てわかったのは、けしてわたしの物覚えがいいからじゃない。……それくらいしかやることがなかったから、覚えてしまっただけ。そして、意匠が凝らされた各家のシンボルを見ることは、お母様がわたしに強要していた勉強の中では『楽しい』ことだったから、よく覚えていただけ。

つい母の叱咤まで一緒に思い出してしまい、曇りかけた気持ちを振り払って、わたしはバルトル様の顔を見上げた。

「……バルトル様。彼女、と仰っておりましたが、今のフェンレス侯爵は男性と記憶しておりますが……侯爵夫人からのお誘いでしょうか？」

「えっ、僕、フェンレス侯爵って言った？　なんで？」

「これくらいは令嬢としての嗜みだと、母に……。便箋に封蠟がありましたので」

「ええ？　これでわかるの？」

バルトル様は目を丸くして便箋を表にしたりひっくり返したりを繰り返しながら眺めた。ひっくり返しても、封蠟があるのは封をしているところだけだけど……。

「はい。家紋になっていますから」

「ふうん。すごいね、君」

バルトル様は嘆息しながらわたしを見つめた。

「僕たちを誘ってくれたのは現フェンレス侯爵夫妻じゃないよ。先代のフェンレス侯爵……ええと、ルリーナという人なんだけど」

「存じております。若くしてご主人を亡くされて、ご主人に代わり女侯爵としてご活躍された御婦人ですよね」

「うん。僕、息子のほうとはそんなだけど、マダムにはよくしてもらっててさ。まあ、とにかく開けてごらんよ」

「は、はい」

わたしは少し慌てて封を開けた。パキ、と音を立てて蠟が割れる。

中の便箋の文字はとても達筆だ。内容は、主にわたしへの労いが綴られていた。

アーバン家の長女……わたしは病弱で社交界には出られないというふうに噂を流布されていたので、この手紙の送り主であるルリーナ様も、わたしを病弱でずっと家にいたのに急に外に嫁ぐ、それも今やり手の魔道具士の元に嫁ぐだなんて、一気に環境も変わって大変でしょうという気遣いから、本当はもっと早く誘いたかったけれど体調のことを気遣ってくださって、今こうしてお誘いくださったということまで。

そういったお優しい言葉の数々と共に、彼女の暮らす邸で短い時間で構わないから一緒にお茶を楽しみたいのだという旨が書かれている。

「……どう?」

「は、はい。とても丁寧なお手紙でした」

「うん、文章だけでも人柄が見えるよね。僕が男爵位を賜る前……ヒラのいち街中の魔道具士をやっているときから懇意にしてくれていた人なんだ」

　ニコ、とバルトル様は笑みを浮かべる。その表情からの、ルリーナ様……手紙の主はきっと良い方なのだろうと思わせた。

「貴族籍を得てからももちろんいろんな方面でお世話になっているんだけど、そんなわけで、マダムの誘いは断れない。ロレッタ、一緒に来てくれる？」

「はい。かしこまりました」

　改めての誘いの言葉にわたしは頷く。バルトル様は「よかった」と破顔した。

「まあ、いい人だよ。僕みたいなのに優しいくらいだから」

「は、はい」

「……内心、実はちょっとだけ、君がマダムに会うのはいい機会になるんじゃないかとは思っていた。僕とばっかり話しているのも退屈だろう？」

「退屈だなんて……。そんなことはありませんが……」

　バルトル様とお話をする時間はいつだって楽しい時間だった。わたしのほうこそ、退屈させていないかというのはいつも不安だったけれど。

「――で、だ。せっかくだから、思いっきり君にかわいいドレスを着せたいと思って」

「……はい？」

「初めてのよそいき、ってやつだろ？　いや、いつか……それこそ、本当に夜会とかに連れて行かなくちゃいけないときが来ると思うんだけど、そんな人がたくさんいるところにさ、君が魅力的に見えすぎるドレスを着させて連れて行くのは僕、すっごい嫌なんだよな」

「は、はあ」

「あ、前言ったみたいに結婚式のときとかはいいんだよ。さすがにそんな日に似合わないドレス着て、なんてことは言わないから」

「……は、はい……？」

バルトル様のちょっと冷たくて意外とゴツゴツとしている手がわたしの両手をギュッと握りしめる。

なんでかわからないけど、いつになく熱の入った瞳がわたしを見つめている。

「……マダムとのお茶会のためだけに着るなら安心だから、似合うドレスはそこで着て。夜会のときは、多少やぼったいくらいのドレスを着よう、それもそれでかわいいと思う。僕も地味な服着るから。……や、それも……連中にナメられるからダメか……？」

（……バルトル様が仰っていることが、小指の先ほどにもわからないのは、わたしが世間知らずだから……？）

わたしがきょとんとしている間に、バルトル様はコホンと咳払いをすると、わたしの手を放し、パチンと指を鳴らした。

「まあそんなわけだから……セシリー！」

「はい、もちろんです！　ここに！」

バルトル様が大きな声で名前を呼ぶと、どこからともなくセシリーが召喚されてきて少し驚く。

セシリー、どこに待機していたのかしら。

「マダムとのお茶会の日は二週間後！　オーダーメイドにはちょっと納期が厳しい！　ということで、今回は既製品を奥様の体型に合わせて調整する方向がよろしいかと！　実はすでに、仕立て屋を呼んでおります！　わたくしもご一緒させていただきますので、奥様！　最高のドレスを選びましょう！」

怒濤の勢いにわたしは一言も口を挟めないまま、セシリーにあれよあれよと仕立て屋さんの待つ部屋にまで連れていかれるのだった。


感じの良い仕立て屋の女性はニコニコとしながら長机にカタログを並べ、サンプルとして持ってきてくれたらしいいくつかのドレスをかけた可動式のハンガーをわたしたちに示してくれた。

「流行のものを中心に揃えてまいりましたが、こちらから選ばれるのはもちろん、カタログから選ばれても問題ありませんよ。近い型のドレスを着てみて、それで合わせましょうねぇ」

「あ、ありがとうございます」

目移りしながら、わたしは傍らのセシリーにそっと耳打ちする。

「……バルトル様、さっきドレスのこと、色々仰っていたけれど、バルトル様のご意見は聞かなくてよいのかしら」

「あ、あー。アレですね、さっきの」

セシリーはなんだか眉間にしわを寄せ、彼女にしては珍しく目を眇めた。

「いいと思いますよ。バルトル様、そんなセンスよくないし。たびたび自分でこの手のことは『僕にはよくわからない』って言ってますけど、本当によくわかってらっしゃらない方なんで」

「そ、そう?」

結構あけすけな言い方にぎょっとしつつ、わたしは首を傾げる。

セシリーははあ、とため息ながらに言った。

「――さきほどバルトル様が仰っていたのは、まあ……言っちゃえば、奥様にあまりお胸の出てるドレスは着て欲しくない、ってことですね」

「……そうなの?」

「今の流行りはデコルテをかなり出して、腰もギュッと絞るやつですからねえ。奥様がそれ着るとよくない人目を惹きそうで嫌なんでしょう。きっと」

セシリーはうんうんと訳知り顔で頷く。

そういえば、妹やお母様はそういうドレスを好んで着ていたような、と思い返す。

父からは「野良犬の子にふさわしいはしたない身体つきに育ったな」と揶揄されて傷ついてきたけれど、わたしの体型は間違いなく母に似たもので、妹もそうだった。

だけど、可愛がられている妹がわたしのように心無いことを言われるわけもなく、父からは「貴族としてふさわしい堂々とした魅力的な女性に育った」と評されていた。

……それはともかく、妹や母はそういうドレスを着て、たしかにとてもよく似合っていた。

「実際、奥様の体型ですと、お胸のあたりを抑えたりするよりも、デコルテは出しちゃって上半身は身体の線に沿うような作りのほうがお似合いになるはずなんですが……。でも、奥様。奥様にこだわりがなければ人が多く集まる場ではバルトル様の主張に合わせて差し上げるのがよろしいかと」

「そ、そうね。よくわからないから……そうするわ」

セシリーの進言にこくこくと頷く。こだわりはないし、それにわたしとしてもあまり体型が目立つ服装をしたくない気持ちがある。

「……しっかし、バルトル様って心狭くないです？」

「え？」

あれだけ寛大な方もそういないと思うけれど、セシリーはなんだか非常に渋い顔をしていた。

「まあ、でも、マダムのお茶会にいるのはマダムだけですからね！　バッチバチに似合うやつを選びましょうね！」

「え、ええ。頼りにしているわ、セシリー」

たくさんのドレスやカタログに囲まれて情報量に圧倒されてしまっているわたしにとって、セシリーの存在は頼もしかった。

◆◆◆

「……ちょっと疲れちゃったわね……」

「はあ……素晴らしい時間でしたね……」

居間のソファに背中を預け、天を見上げたわたしとは対照的に、セシリーはキラキラとした面持ちではあとため息をつきながらうっとりとしていた。

あれからわたしはしばらくセシリーと仕立て屋さんの着せ替え人形となっていた。

仕立て屋さんが紹介してくれたドレスはどれも素敵なもので、楽しい時間ではあったけれど何度も着替えてさすがに疲れてしまった。セシリーが用意してくれた冷たい水がとてもおいしく感じる。

しばらく居間で身体を休めていると、わたしのもとにバルトル様が訪れた。

目が合うとニコ、といつもの笑みを浮かべて、そっとわたしの隣に腰掛ける。わたしも姿勢を正して彼を迎えた。

「……ロレッタ。いいのは見つかった？」

「はい、仕立て屋の方もとても良い方で……。素敵なドレスに決められました」

「そっか。よかった、楽しみだな」

バルトル様に答えながら、わたしはセシリーを振り向く。

「ありがとう、セシリー。わたしだけだったら決められなかったわ」

「いえいえ、至福の時でした！」

両手を胸の前で組んだセシリーが口元を緩め切った笑顔で豪語した。

わたしたちのやりとりを見て、バルトル様は「ふぅん」と鼻を鳴らしたようだった。

「……君さ、セシリーと話すときはちょっとおしゃまな感じに喋るよな」

「え？　そうでしょうか……」

「うん、いつもと違う話し方してるからさ、たまにちょっとビックリする。そういう話し方のほうが楽？　それなら僕にも同じ話し方してほしいけど」

「ど、どちらが楽……ということもないのですが。自然とそういう口調になってしまうだけで……。セシリー、いえ、家のものに話すときと、バルトル様とお話をするときとで……」

「僕と話してるとき、無理してない？　それならいいんだけど」

いつもは大きいぱっちりとした瞳を、半眼にしながらバルトル様は仰った。その拗ねたような表情に少し驚きつつ、わたしは彼の顔を見上げながら口を開いた。

「あの、バルトル様とお話をするのはわたし、楽しいです」

「ほんとう？」

「はい。バルトル様はいつも楽しくお話をしてくださって……。わたし、好きです」

「ほんとに!?……ってその顔、君的には『他意なし』か？　だろうな」

……他意とは？

バルトル様は一瞬お顔を輝かせたけれど、すぐにパッと眉根を寄せてしまった。なにか失言してしまっただろうか。目をぱちくりとさせているわたしにバルトル様は小さく首を振る。

「君が僕と話すのを楽しいって思ってくれてるならそれだけで上等すぎるや。ありがとう」

「いえ、そんな……。わたしのほうこそ、とりたてて話題がなくて、いつもお気をつかっていただいているのではないかと……」

「君の声がかわいいから、僕、別になに話しててもそれだけで嬉しいけど」

「……その……」

……どうしてバルトル様はこういうことを、サラッと仰るんだろう？

「よし、君が無事にドレスを決められたならよかった。安心したから僕はもう少し工房で作業を頑張ろう」

「あ、ありがとうございます。頑張ってください」

ヒラヒラと手のひらを振りながら背を向けるバルトル様に合わせて、わたしもヒラヒラと手を振って見送った。

そして、バルトル様が居間から消えてしまうと、セシリーがわたしの肩をちょいちょいとつつく。

「……ほら、こーゆーとこですよ。バルトル様のぉ、心の狭さぁ」

「……狭かった？」

首を傾げるわたしにセシリーは「もう！」と頬を膨らませる。

「わたくし相手にも嫉妬してたじゃないですか！　結構あの人言ってくるんですよ、セシリーは毎日ロレッタの髪梳かしててずるい、とか、僕も髪編んでみたい、とか！」

「ええ？」

「バルトル様が世界で一番愛想いいのは奥様相手だけで他の人に対してはわりとあの人、ほんっとうにこう……わりと……アレですからね！」

「そ、そうなのね」

「好きな子相手にツンケンしちゃうみたいな男よりかはマシですけど、バルトル様みたいなのもわたくし個人的にはナイですね……」

（な、なるほど？）

……結構バルトル様とセシリーは職人気質なところが似ている気がしたけれど、なんというか、それだけに……反発、するのかしら……？　わたしは首を傾げた。

2．ルリーナの面談

迎えた当日。仕立て屋さんのサイズの直しも間に合ったようで、朝早いうちからわたしはセシリーによって、徹底的にこだわりぬいたお肌のお手入れから始まり、丹念にヘアメイクを施されていた。

セシリーと仕立て屋さんの薦めで選んだドレスは流行りだというデコルテが大きく開いたものだったけれど、不思議と下品には見えず、わたしの顔色を普段よりも華やかに見せてくれていた。

「黒髪だから奥様、強い色でも色負けしないでお似合いです！」

そう言ってセシリーは濃い青のドレスを薦めた。薄い色合いのドレスもかわいらしかったけれど、肌に合わせてみるとたしかに濃い色のほうがわたしには合う気がした。セシリーが言うには薄い色合いのものはボリューム感が強い印象になりがちなので、引き締まって見える濃い寒色系の色の方がわたしの体型にも合うだろうとのことだった。

母の身体つきに似ただけなのに、母からも父からも「不貞の子らしいだらしのない身体をして」と良くない言われ方をされてきたせいで、わたし自身あまりいい印象を持っていなかった。そういった思い出から、似合うと言われても身体のラインが出るドレスを選ぶのには消極的な思いがあったけれど。

「……きれい」

「ねっ、奥様。本当にとってもお美しいです」

鏡に映る自分の姿にわたしは息を呑んでいた。体型に合わせて、身体に沿うように造られたタイトな形のドレスだけど、いやらしさみたいなものはない。ただ、曲線的な美しさを強調するための装いに見えた。鏡を見つめていると、自分の体型へのコンプレックスすら払拭されるような気さえした。

(自分……なのに、すごい、素敵に見える)

なんだか胸に熱いものがじわりと込み上げてきていた。

「ありがとうセシリー。このドレスを薦めてくれて」

「えへへへ、奥様は素材が素晴らしいですから!」

ニコニコと満面の笑みを浮かべるセシリー。わたしも目を細める。

セシリーは伸びてきたわたしの髪を後ろでふんわりとした形に緩く巻いてまとめてくれた。本当の髪の長さをごまかしてくれるように見えて、嬉しかった。

「……ねえ、セシリー?　セシリーはルリーナ様のところで働いていたんでしょう?　今日は行かなくていいの?」

「いいんですっ！　ぜ――ったい行きたくありません！」

「そ、そう？」

……ルリーナ様のお名前こそ出さなかったけど、先日以前の雇い主のお話をしたときはセシリーはとてもよい表情をしていた記憶があるのに……。

（そのときも、もう会いたくないとは言っていたけど、本当に？）

そうは言ってもきっと本心ではないのだと思っていたのだが。

やたらと必死に首を横に振るセシリーに少したじろぐ。バルトル様はこのお屋敷を買ったときに、ルリーナ様の紹介によってセシリーたち使用人を雇い入れたらしい。それだけバルトル様はルリーナ様と良好な関係を築かれているということだ。

「わたくしはおとな～しくお帰りお待ちしておりますので～！　奥様、どうぞお楽しみくださいね～！」

「わ、わかったわ。セシリー、素敵に支度してくれてありがとう。行ってくる」

ぶんぶんぶんと大きく手を振るセシリーに、小さく手のひらを振り返して自室を出る。

……『苛烈の女侯爵』の二つ名があるくらいの方だから……セシリーは、やっぱり……相当厳しく躾けられていたのかもしれない。

「……似合うね、かわいい」

ロビーに向かうと、バルトル様はわたしの支度が終わるのを待っていてくださったようで、わたしの姿を認めると少し足早にこちらに向かってきてくれた。

「すごいきれいだよ。今までもずっときれいだったけど、今日の君は特別。マダムにも見せたくないくらいだけど、今日は君のお披露目の日だから我慢する」

「そ、そんな」

向かい合ってすぐ、バルトル様は一息にわたしの装いを手放しで褒めてくださった。

バルトル様も今日は厚手のジャケットを羽織り、いつもよりも仕立ての良い服装を着こなしていて、とても格好良かったのに、勢いに負けて「バルトル様のお召し物も素敵です」となかなか言えずにわたしは口ごもる。

「ほんとなら、僕がドレスも着せて、僕だけ見てたかった」

「……」

――さすがにそれはダメでは？

（セシリーが言っていたセシリー相手の嫉妬って、本当になさっていたのね……？）

笑みを浮かべて聞き流すことにして、わたしは馬車に乗るまでエスコートしてくださるらしいバルトル様の手を取った。

「絶対に……人の多い場所に行くときは、二人で一番ダサい服着て壁の花になろうね。君は野暮ったい格好しててもそれはそれでかわいいだろうし」

ぎゅう、と手を握り締めながら言われた言葉にわたしはややたじろぐ。

「それは……わたしは構いませんが……」

……いいのかな？　バルトル様はそれで……。

戸惑うわたしの肩にふわりと柔らかい感触。……真っ白なシルクのケープだ。ハッとして見上げると、優しい眼差しのバルトル様と目が合う。

「ほら、マダムの家に着くまでケープでも羽織ってて」

「あ、ありがとうございます」

「うん。だって本当に誰にも見せたくないもん」

（……寒いからくださったわけじゃなかった……）

吹く風は肌を刺すような冷たいものになってきていて、季節はじきに冬を迎えようとしていた。

ルリーナ様のお住まいは王都からはそう遠くはなく、馬の足で二十分ほどの場所だった。

「……なんで『異界の導き手』は交通関係には手を出さなかったと思う？」

「え？」

「冷蔵庫だの水質管理システムだの、風呂だのトイレだの作っておいてさ。おかしくないか？　僕は馬車に乗るたびに思うんだ。これだけ発達したものがあるのに、ずいぶんここだけ古臭いな、って」

「……か、考えたこともありませんでした」

「みんなそう言うんだよ、お前が文句言いなだけだ、って。……納得いかないんだよな」

「……いつか、バルトル様が魔道具を用いて交通関係の発展もできるといいですね」

「……僕がやりたい仕事ってわけじゃないんだよな……。それやろうとしたら、それだけで人生終わりそうだし……悩ましいね」

そんなことを話していると、ルリーナ様のお屋敷に到着するのはあっという間だった。ルリーナ様のお屋敷は白塗りの壁の邸宅で、ルリーナ様と複数の使用人のみで暮らしているということからあまり大きな邸ではないけれど、美しい造形のお屋敷だった。

バルトル様に先導していただき、お屋敷の門をくぐる。

バルトル様はすでに顔馴染みらしいルリーナ様の執事に軽く手を挙げ、彼の案内で建物の中に入っていった。

広い居間、チェアに腰掛けていた白髪混じりのブロンドヘアーの老婦人は我々の来訪に気がつくと、ゆっくりと腰を上げ、こちらを振り向く。スッと背筋を伸ばして静かにこちらに近づいてきた。

真っ直ぐ正面までいらっしゃったところで、老婦人……ルリーナ様はわたしたちに小さく微笑みを見せた。

「突然申し訳ありませんでした。急にお呼びたてしてしてしまって」

「とんでもありません。大変丁寧なお手紙を頂戴しまして、ありがとうございます」

わたしは礼をし、続いて名乗ろう——としたところで、毅然としたルリーナ様の声がそれを遮った。

「じゃあ、早速だけど、バルトルくん。どっかに行ってくれる？　私、あなたの奥さまとお話ししたいの。二人で」

「え」

思わず目を丸くする。珍しくバルトル様も少し間の抜けた声を出していた。

「さっ、こちらへ。すでに支度は終えているの。バルトルくん、やることがないなら、そうね。そろそろストーブのメンテナンスをしておいてくれるかしら。もうじきに冷え込む季節になりますからね」

「……わかりました。あとで請求書を送ります」

「そうしてちょうだい」

「あ、あの」

名乗る間もなく「早く」と促され、わたしは足早に婦人の後ろを追った。

行き着いた先は、四角い真っ白なテーブルとイスがふたつあるだけの小さなお部屋だった。外観も白塗りの壁だったけれど、ルリーナ様のお屋敷は中も白い家具類で統一されているようだ。床には海外から輸入されたのだろう鳥や花、植物の葉などが緻密に表現された絨毯が敷かれていた。

促されて、着席する。

ルリーナ様はひとしきりわたしの顔を眺め、それから瞳を伏せながら呟かれた。

「……そう、あなたが。アーバン家の」

「は……はい。お初にお目にかかります。ロレッタと申します」

少し遅くなってしまったけれど、慌てて名乗り、ルリーナ様に対し礼をする。

「ああ、いいわ。そう畏まらないで。今はガーディア夫人なのでしょう」

かぶりを振ってみせるマダムにわたしは「ありがとうございます」と告げる。

「お身体はもう平気なの？　病弱という話を聞いていたわ」

「はい。長い間両親には面倒をかけましたが、今は小康を保っております」

「そう」

わたしはルリーナ様の顔を見つめる。

マダム・ルリーナ。引きこもりのわたしでも、その名は知っている。

かつて、苛烈の女侯爵として名を馳せた女性だ。すでに家督は息子の代に譲り、最前線からは退いたものの、未だに貴族社会においてその影響力は強いと言われている。

（そんな方と懇意にされているだなんて、バルトル様は……すごいわ）

手紙から受けた印象と、今対峙して受ける印象はとても心配りが丁寧で穏やかそうなご婦人だが、先ほどの有無を言わせぬバルトル様とのやりとりを見るに、『苛烈』の二つ名の片鱗が窺い見れた。

「あなたは……一度も社交の場に出たことがないんだとか」

「はい。お恥ずかしながら……」

切り出された話題に噛んでしまいそうになるのを堪えながら、なんとかわたしは背筋を伸ばしたまま答える。ルリーナ様は「そう」と静かに呟き、音もなくカップをソーサーに置かれた。

「……姿勢がいいわ、受け答えはしっかりしているわね。教師はついていたの？」

「いえ、教師はおりませんでしたが、母が……。いつかは社交に出ることもあるかもしれないと、最低限の淑女教育は施してくださいました」

「あなたの母……。マーゴットね。そう。彼女は旧《ふる》い貴族の生まれですものね」

「はい」

ルリーナ様は深い彫りの目元をそっと細められる。

「よく頑張って学んできたのね。頭の中に叩き込まれたからといって、実際のところ、実践を積まねばなかなか身につかないものですよ」

「……ありがとうございます」

「あら、うふふ。今、口ごもりそうになっていたでしょう。やはり経験不足はありますね」

突然の言葉に、噛みそうになったことを見透かされ、わたしは慌てて口元を押さえてしまった。

「も、申し訳ありません」

「構わないわ。それで当然。……褒められることには慣れていらっしゃらない？　バルトルくんは褒めてくれないの？」

「バルトル様は口癖かと思うほど褒めてくださっています！」

そんなことはないと否定しようと気持ちが逸り、つい強い語気で口走ってしまう。

「……そう。きっと、バルトルくんの言い方が良くないのね」

「そ、そんなことはないと思いますが……」

やれやれと首を横に振り、はあとため息をつくルリーナ様に慌てて言えば、ルリーナ様はオリーブグリーンの瞳を細めた。

「まあ、あなたのことを良く言いたくってしょうがないんでしょう。あまりにも言うものだから感動は薄れるでしょうけど、きっと全部本心よ」

「……はい」

ルリーナ様はわたしが頷くのを見ると、スッと瞳を伏せて、しばらくしてから瞳を開くと、わたしにまた問いかけた。

「彼との生活はどうですか。不自由はない？」

「はい。とても良くしていただいております」

「それはよかった」

ルリーナ様の厚い瞼の奥のオリーブグリーンの瞳がわたしをじっと見つめる。

「バルトルくんを支えてあげてちょうだい。あなたはきっと彼の力になれるわ。バルトルくんは……賢い子だけれど、それだけでは乗り切れないようなこともあるでしょう。魔道具士としても、いち貴族としても、ね。あなたが彼の力になる場面がきっとこの先あるはずです」

「……」

これから先――。

「おや。返事は？」

頷くことができないわたしを窘めるようにルリーナ様が言った。

「……そうありたいと思います。けれど、わたしは……」

ふさわしくない仕草とわかっていても、わたしは口ごもり視線を彷徨わせた末に俯いてしまった。

不貞の子であるわたしは、本来、彼にとってふさわしい婚姻相手ではない。わたしでは、魔力を持つ子どもが産めないのだから。

（……わたしは彼を騙している、でも、いつかは本当のことを言って、彼と、別れなくちゃ……）

わたしの頭の中でずっとグルグルしていること。

バルトル様を騙していたくない、早く本当のことを言いたい。

でも、バルトル様ともっと一緒に同じ時間を過ごしたい。

――お父様とお母様が言ったとおりのことをしなくちゃいけない。バルトル様と夫婦でい続けて、早く子を生さなければ――。

バルトル様のことが好きになればなるほど、これらのことがぐちゃぐちゃになって、わたしはどうしたらいいのかわからなくなってしまって、いつも立ち止まる。

「しっかりなさい、今、あなたの話を聞いているのは私一人だけですよ。私一人相手にあなたが思うように答えてなにが悪いことがありますか？　あなたにはあなたの悩みがあるんでしょうが、あなたはどうしたいの」

「……」

目の前にルリーナ様がいるのに、頭がグルグルとし始めてしまったわたし。そんなわたしに、ルリーナ様は柔らかい声で続ける。

「彼のそばにずっといられるわけではないと思っていらっしゃるのね。……全く。貴族の婚姻というものはそう簡単に覆されるものではないのですよ。……良くも悪くも、ね」

「……」

最後の方は聞こえるか聞こえないか程度の声量だったけれど、そう仰ったルリーナ様の面持ちがひどく優しげに見えて、わたしはきゅっと唇を噛んでしまった。

「わたしも、バルトル様のお力になれるようになりたいです」

「ええ。きっと、あなたは彼の力になれるわ」

「……はい」

促されて、ようやく口にできた自分の思いに我ながら驚いた。

（わたし、そう思っているんだ。一番に……思っているのは）

ハッキリと口に出したら、不思議と頭の中で響いていた両親の声が消えた。あまりにも呆気ないほど、頭の中の霧が消え去る。

きっと、わたしは変な顔をしていたと思う。『主人の力になってあげて』なんて、あまりにもありふれた言葉から、こんなにも葛藤し、動揺する姿を見せるだなんて、きっとルリーナ様も思っていらっしゃらなかっただろう。

ルリーナ様は、なんだかとてもお優しい眼差しでわたしを見つめていた。わたしが面映く感じてしまうほどの柔らかい表情で。

「……ごめんなさいね。二人で話したいだなんて、いきなりそう言って誘ったらきっと怯えさせてしまうと思って。騙し討ちみたいなことをしてしまって」

「いえ、そんなことは……」

「大したことを聞きたかったわけではないのだけど、あなたとゆっくりお話をしてみたかったの。きっとバルトルくんがいたら邪魔だから追い出しちゃったけど。そろそろ呼んできてあげようかしらね」

ルリーナ様はそう言うと、椅子を引いて立ち上がった。自らバルトル様を呼びに行かれるおつもりらしい。

その動作を見つめていたわたしに、ルリーナ様はふと振り向くと、フフと少し茶目っ気混じりに微笑まれた。

「ここで待っていてちょうだい。ずっと私と二人きりも息が詰まるでしょう?」

そんなことはない、と言う言葉は聞かずにルリーナ様は足早に去っていってしまった。

(……わたし、言わなくちゃ。バルトル様に……わたしは、本当は不貞の子で、あなたの望みを叶えることはできない女なのだと)

一人残された小部屋のなかで、わたしはバルトル様につきつづけている『嘘』を告白しようと──心に決めた。

両親がわたしにかけた鎖はまだ重苦しく心には残っている。けれど、わたしはせめてこのことだけは、わたしの思ったとおりに行動したいと、そう思った。……そう思っているんだと、ハッキリ自覚した。

(わたし、もう嘘をついていたくない。バルトル様が、好きだから)

小部屋の窓から差し込む光が、真白い机をキラキラと輝かせていた。

3．バルトルの白い結婚

ルリーナに言われたストーブの点検を終えたバルトルはあとため息をつきながらルリーナ邸の革張りの椅子に座り、天を仰いでいた。

「――バルトルくん」

「あ、マダム」

少ししわがれているものの、凛とした声に呼ばれ、バルトルは居住まいを正す。

ルリーナはオリーブグリーンの瞳でバルトルを見つめる。

「バルトルくん、あなた、あの子とは『白い結婚』なのよね？」

いきなり言われた言葉にバルトルは一瞬目を丸くする。しかし、すぐにニコといつもの微笑みを浮かべた。

「はい、そうですがなにか」

「……言っておきます。貴族の女にとって、それは侮辱的な扱いでもあるわ」

「……はい」

ルリーナの声音は厳しいものであった。

バルトルがそう思うのは自覚があるからこそ、なおさらだろうか。

殊勝な反応が意外だったのか、今度はルリーナの方が目を少し大きく開く。

「あら。もうすでに反省するようななにかがあったのかしら」

「まあ、なんというか、僕がよかれと思ってすることは大体的外れなんだなあと」

苦笑しながらバルトルは答える。

きっと彼女はずっと狭い世界に閉じ込められて、糸だけ紡がされていて、家族からは愛情を得られなくて、辛かったろうから、しばらくは自分の邸でゆっくりと身体と心を休ませるのに専念してくれたらいいなと思っていた。

けれど、彼女はバルトルの邸で初めて得た自分の役割にひどく喜んでいる姿を見せたのだ。

そのとき、自分がすべきだったのは本当はそちらのほうだったのだと、バルトルは頭の横をガツンと鈍器で殴られたような気持ちになった。

ずっと家族に隠されて育ってきた彼女、ロレッタ。その彼女を外に連れ出して、やってあげるべきだったのは、不安定でまだ『自分』というものを確立するには不十分な彼女に、なにか一つでも役割を与えてあげることだった。彼女の思うままに過ごしてほしい――そう願っていたが、それはまだ早かった。彼女はその段階ではなかった。

「バルトルくんの屋敷の規模では特に女主人としての役割は求められないでしょう？　あなたは社

交もしないしね」

苦笑するバルトルにルリーナは言葉を重ねる。

「我が国での離婚の認定は厳しいわ。『白い結婚』というのは……初夜を行わなかった、ということは結婚の事実自体がなかったのだ、だから婚姻関係の解消を認めてくれ、という屁理屈のために生まれたものだけど」

蘊蓄《うんちく》を語り、ルリーナはため息をつく。

「……本当に初夜をしないで『白い結婚』を主張するケースのほうが少ないわよ」

「へえ。そうなんですね」

まあ、そうなのだろうなというのは想像に難くない。離婚の認定が厳しいと言うわりに、いい加減な話だよなとバルトルは思う。

「あの子をあの家から連れ出してあげるための結婚。そのあとどうするかは彼女の意思に委ねたい、と。そういうふうに思っていたのでしょう？」

「はい、その考え自体は変わっていませんよ」

もしも彼女が自分と婚姻を続けることを望まないのであれば。自分以外の人といい出会いをして結ばれたいと願うようになったのであれば。

そのときは彼女を見送ろうと決めている。

「……そのわりには、あなた、やっていることがめちゃくちゃよね」

めちゃくちゃ、と言われてバルトルは浅く空笑いした。

「彼女が望むなら『白い結婚』を持ち出して離婚しようと思っている。なのに、あなたったらむしろひたすら囲い込もうとしていない？」

「だって、僕が一番初めに彼女を見つけて、僕が彼女を連れ出したんだから、僕が一番有利な位置からスタートするくらいいいでしょう？」

「そういうつもりで周囲に『僕の妻です』と話しているなら、あなた、やっぱりなかなか大したものよ」

ふう、とルリーナは呆れたような、感心しているような、曖昧な雰囲気でため息をついた。

「そんなことないですよ、フラれたらちゃんと諦めます」

バルトルは本心からそう言ったが、ルリーナは聞こえていないのか聞き流しているのか、そのまま続けた。

「すでに手放し難い相手になっているのなら、あなたのしようとしていることは無意味でしかない。違って？」

「やあ、マダム。さすがの慧眼」

でも、彼女からフラれたらそのときはちゃんと諦める――とバルトルは繰り返したが、やはりルリーナはまともにそれは聞かなかった。

「こんなことなら、あなたに『白い結婚』制度のことなど教えてやらなければよかった。……かわいそうに、娶られていったのに、妻としての役目も求められず、不安だったでしょうに」

「ああ、いえ、それは。知らなくても、僕は彼女に触れられなかったですよ」

窘めるルリーナの言葉にバルトルは小さくかぶりを振る。

「僕はみなしごです。父と母の顔も知りません。そう簡単に子どもができる行為をしたくない」

「……そうね」

ハッとしたように息を呑み、ルリーナは分厚い瞼を伏せた。心優しい彼女のことだから、自分の身の上を哀れんでくれているのだろう。そんな彼女に対してバルトルは笑顔を作り、明るく言った。

「まあだから、マダムのせいじゃありませんよ。僕が、そのときが来るまでこの子とそういうことはしない、って決めちゃったのは」

それに、初夜の時に彼女に言った言葉が本心だった。

どうせなら、彼女が一番きれいなときに一番いい日を迎えたい。

アーバン家から彼女を連れ出したあの日。ロレッタの黒髪はまだ短かったけれど、とてもきれいだった。髪の美しさを褒めたときに彼女は本当に嬉しそうな顔をしていた、だから、本当はもっと髪を長く伸ばしたいのだろうと思った。

彼女が憧れている長さにまで髪が伸びてから、式を挙げたいと。

「彼女と本当の意味で夫婦になって、心から『幸せだな』と思いながらそのときを迎えたいんです」

「……そう」

ルリーナは小さく呟く。

「少し驚いたわ。あなた、そういう情緒あったのね」

「そうですか？」

そういうことを言われることがよくあるが、どうしてだろうとバルトルは不思議に思う。

よほど自分は冷たそうな人間に見えるのだろうか。ロレッタはどう思っているんだろう、とつい考えてしまう。

そんなことを考え始めているうちに、ふとルリーナが再び口を開いた。

「ロレッタ。あの子は……よく学んだ貴族の娘です。大事にしてやりなさい」

「はい、もちろんです」

「また二人で遊びにいらっしゃい。今度はバルトルくんを追い出したりしないから」

「ハハ、そうですね、お願いします」

そんなやりとりをしながら、彼女を待たせている部屋まで向かう途中、ルリーナはぼそりと「ところで」と切り出した。

「……あの子。母親はかなりきついつり目で、あの子もちょっとつり目だからわかりづらいけど……どちらかといえば目は父親に似ていると思わない？」

「そうなんですか？　僕、どっちの顔も全然覚えてないからわからないです」

　バルトルには彼女の両親に対して「嫌な奴らだなあ！　こいつら！」という印象しか残っていなかった。顔、と言われてもよくわからない。そもそもバルトルは元々、人の顔をよく覚えているタイプではなかったが。

（でも、ロレッタの顔は初めて会ったときからなぜだかずっと頭に残ってたな）

　ふと思い出してバルトルは不思議がる。彼女があまりにもかわいらしかったせいだろうか。

「まあ、どうだっていいわね。……そうね」

　ルリーナは遠い目をして呟く。女侯爵として表舞台に長く立ち続けていた彼女だ、ロレッタの両親のこともある程度知っているのだろう。

（……彼女の噂も……）

　バルトルはルリーナの背を眺めながら目を眇めた。

「思っていたよりも元気そうで安心したわ。……きっと毎日楽しく過ごしているのね」

「はい。いい子ですよ、とっても」

　バルトルは自信を持ってそう答えた。

六章　語るべきこと

1．僕の作りたいもの

すっかり慣れたバルトル様の工房。

外はもう日が落ちていて、薄暗い室内をランプが照らしていた。

わたしはそこで糸を紡いでいた。

バルトル様に自動繰糸機なるものを教えていただいてから、一度試してみたのだけど……わたしは魔力を発現することができないからか、繰糸機の注入口に魔力を注ぐ、ということができなくて使えなかった。

なので、かつてアーバン家の離れでそうしていた時と同じように、わたしは手織りで地道に魔力の糸を紡ぐ。

「……おや、僕の奥さんは夜なべでなにをしているのかな？」

「あ……バルトル様……」

振り返ると、苦笑を浮かべたバルトル様が後ろに立たれていた。

「君に魔力の糸を紡いでほしいと頼んだのはたしかに僕だよ。でも、夜はもう寝る時間だ」

「す、すみません。つい……寝付けなくて少し、と思っているうちに夢中になってしまって」

バルトル様は片眉を下げ、やれやれというふうに笑う。

そして、わたしのすぐ横に椅子を持ってくると、腰掛けられる。

じっと見つめられ、戸惑いがちに作業を再開させれば、バルトル様はうん、と頷かれた。

「やっぱり何度見てもきれいだね」

「あ、ありがとうございます」

……わたしは魔力の糸を紡ぐのが好きだ。あの家でずっとやってきた唯一の『仕事』だったし、自分の手できらきらと輝く美しいものを作れる、ということは純粋に嬉しくて、楽しかった。

自室にいなかったことで心配して様子を見にきてくださったバルトル様も、わたしが糸を紡ぐのを楽しそうにしている、ということに気づかれたのだろう。優しく見守ることにしてくださったようだ。

「こんなにいっぱい作っても疲れないの？　僕は繰糸機任せにしているだけでだいぶ疲れるんだけど」

「はい……。疲れるということは、特には……」

「……やっぱり、君、ちょっと規格外なんだろうな」

「えっ」

思わずピタリと手が止まる。

「ああ、ごめんごめん。いい意味だよ。君が作る魔力の糸はとても質がいい。それに加えていくら糸を作っても魔力が枯渇する感じしないんだろ？　すっごい魔力量があるってことだ」

「……そうなんでしょうか……」

「そうだよ。君がアーバン家の大黒柱だったんだろ？　君がいなくなってあそこの家は随分……あ、いや、これは別にしなくても良い話だな。うん、忘れて」

「は、はあ」

……そうなんだろうか。バルトル様に言われても、いまいちピンと来ない。

妹に乞われるままに糸を紡いでいただけで、まさかそれが『アーバン家の電気の魔力』として国に売られていたとは思っていなかった。……自分のできそこないの魔力に『電気』の属性があるとは考えもしていなかったから。

「すまないね、君が糸を作ってくれるとコストを考慮に入れないで開発に集中できるからさ、助かるよ。まあちゃんと製品にする時にはちゃんとコスト面考えて調整しないとなんだけどさ」

「い、いえ、お力になれて、嬉しいです」

わたしは糸を紡ぐのを再開して、クルクルと手を動かしながら考える。

（……）

ずっと胸に抱えてきているわたしの疑問と、秘密。本当はもっと早く、バルトル様に申告しなければいけなかったこと。

バルトル様に嫁いだばかりの頃にやっと襟足に届くほどの長さだった髪はもう肩につくほどに伸びていた。それだけ長い時間、そばに居続けてしまった。あまりにも居心地がよくて、言い出すのがどんどん怖くなって。

でも、ルリーナ様とお話をしたその日……言おうと決めた。そして、それからは毎日、いつ言おうかとずっと機を窺っていた。

バルトル様はわたしが糸を紡ぐ姿をニコニコと、幸せそうな笑みで眺めていらっしゃる。

その顔を見ていたら、罪悪感でたまらなくなった。

（バルトル様は本当に……わたしによくしてくださっている）

彼のその優しさに、わたしは嘘をつき続けている。

チラリと、彼を横目で見る。

夜の帷はすっかり落ちていて、薄暗い工房において夜空の星のように煌めく瞳で、バルトル様はわたしを見つめていた。

目が合ったことに気づいたバルトル様はそっと目を細めた。

「……髪、伸びたね」

バルトル様の冷たい手のひらがわたしの頬を滑り、そしてそのまま髪をすくう。

肩よりも少し長い髪。よく手入れをしてもらっているわたしの髪はなめらかだ。

バルトル様はわたしの髪の感触を何度も繰り返し撫でて楽しみ、そして、目を伏せて微笑まれる。

「……嫌じゃない？」

「嫌じゃ、ないです」

「そっか。……よかった」

ふふ、とバルトル様は小さく笑う。

彼は髪をひとふさ取ると、唇を寄せた。わたしをじっと見つめ続ける瞳はなにかを確かめようとしているように見えた。

「バルトルと呼んでくれ。嫌じゃないなら」

「バルトル様……」

「……バルトル」

どちらともなく顔が近づき、やがて唇が重なった。

バルトルは優しくて穏やかで、とても温かな人だけど、体温は低い。触れた唇も少し冷たかった。けれど、わたしを映した青色の瞳だけはたしかな熱を帯びていた。

「……」

「ロレッタ、愛している」

バルトルのよく通る声がわたしのためだけに囁かれる。

じわじわと目元が熱くなっていく。わたしは泣きそうになっていた。

「はい。……わたしも、愛しています」

「……ねえ、ロレッタ。君は今、なにを考えている……？」

バルトルの言葉も、わたしを見つめる瞳の熱っぽさも、たまらなく嬉しくて幸せなのに、どんどんとわたしの瞳には涙が迫り上がってきていた。

（今が、言うときなんだ）

わたしは嗚咽を呑み込み、そっと唇を開く。

「わたし、ずっとあなたを騙していました」

「……うん」

「わたしは両親の子ではないんです。母の……不貞の子なんです」

「……」

バルトルは静かにわたしの頭を撫で続ける。

……ああ、きっと。いや、やっぱり。

バルトルは知っていた。わたしが不貞の子であることを。

優しい手のひらの感触と、わたしをまっすぐに見つめるその眼差しで、わたしはそれを悟った。

「わたしは……わたしの身体に流れる魔力は何の属性も持っていません、何の力も使えません。どうしてか、魔力の糸を紡ぐことだけはできますが……。わたしの父は、どこの誰ともつかぬ平民だそうです。……バルトルとわたしでは、魔力を持つ子は期待できません」

ずっと言わなくてはいけなかったこと。言えば、もう隣にはいられないと思って、言えずにいたこと。

ようやく口にできて、わたしはなぜか胸が空《す》くような気持ちになっていた。

「ずっとそれで悩んでいたの？」

「はい。本当は、もっと早く言うべきだったのに。わたしは……黙っていました」

頭を撫でるバルトルの手を取る。

大きな手のひらを両手でぎゅっと握り締めながら、わたしはニコと精一杯微笑み、そして一息に言った。

「バルトル、あなたはとても優れた人。それに、優しい人。あなたがこの国でもっと活躍するところをわたしは見たいです。……だから、わたしがあなたと結ばれるべきではないんです。不貞の子のわたしじゃ、あなたの出世のお役に立てません。……いままで、ありがとうございました。短い結婚生活でしたが、わたしは幸せでした」

「……は？　いや、おい。待てよ。なにを言っているんだ、君は」

バルトルは意味がわからないとばかりに、いつになく少し乱暴な口調で、眉と口角を吊り上げていた。

「君は僕のことが好きなんじゃなかったの？　なんでお別れの話になるんだよ」

普段見ない彼の厳しい表情と、聞いたことのない低い声にびくりとなるけれど、わたしは続けた。

「……わたしはあなたのことを、結婚してすぐに……好きになってしまいました。言えば離縁になると思って……。いままで……ずっと、言えなくてすみませんでした。本当は、すぐに打ち明けるべきだったのに。わたしは不貞の子なのだと。不貞の子のわたしでは、爵位を継がせられるような子を産むことはできないのだと」

最後まで聞いて、バルトルは厳しかった顔を今度は困ったように顰めさせた。

「わたし、あなたの力になりたいです。でも……わたしではバルトルの望みを叶えられないから、だから、離縁も覚悟しています」

「……僕も君に言っていなかったことがたくさんあるよ」

青い瞳がスウっと細められる。

「僕は別に爵位にこだわっていない。地位や名誉なんてどうでもいいし、子どもにそれを継がせていきたいだなんて思っちゃいない」

「……でも、あなたは……自分と結婚してくれる貴族の娘を探していたと……」

だから、父は「ちょうどよい」とわたしを金で彼に売り払うように嫁がせたのだと、そう聞いていた。

「……そうか。……ごめんね」

彼は少し悲しげに苦笑した。

「ねえ、ロレッタ。僕は最初から他でもない君と結婚をしたかったんだよ。君の紡ぐ素晴らしい魔力の糸を見て。そして、君の家のことも……知っていたから」

「……バルトル」

「だから、君を早くあの家から連れ出したかった。君が『不貞の子』と呼ばれて狭いところに閉じ込められているのが許せなくて」

わたしはただ彼の顔を見上げ、涙に潤む瞳を揺らした。

「あえて触れなくてもいいことだと思っていた。そんな不名誉な呼ばれ方をしていることを蒸し返したくなかったんだ。けど、ごめん。そのせいでむしろ君を苦しめてしまった」

「そんなこと……わたしの、わたしの勇気がなくて、ずっと言えなかった、それだけですよ」

バルトルは頭を下げる。金の髪のつむじを見ながらわたしは震える声でバルトルの言葉を否定した。バルトルはずっと優しかった。彼が謝ることなんてひとつもないのに。

すっと顔をあげたバルトルは真剣な面持ちを浮かべていた。ぐ、とわたしの手を掴み、力を込める。

「なあ、ロレッタ。君は僕の妻だろう。正式に書状を交わしている。国からも認められている夫婦だ。離縁なんて、承認しない」

「……バルトル」

「君は僕のことが好きなんだろ？　君が気にしていたことは僕にとっては全然問題のないことだった、ってわかっても、それでも僕と別れたい？」

青い瞳がしっかとわたしを見つめていた。

「僕はたしかに、君に恋していたからという理由で君を娶ったわけではない。けど」

一呼吸おき、バルトルは続ける。

「君と結婚してから僕は君を好きになろうと努力したし、君に好きになってもらえるように努力した。……僕は、もしも君以外の人が相手だったとしてもそうしていたとは思う。結婚した目的が恋愛感情じゃなかったとしても、僕は寂しい家庭にはしたくなかったから。でも、実際にそういうふうにできたのは君のおかげだ。君も僕に歩み寄ろうとしてくれたじゃないか」

「バルトル」

「君と話すたびに、僕は君に好きになってほしいと思ったし、君を……もっと好きになりたいと思った」

ぐらりと視界が歪んだ。溢れてきた涙の粒のせいだ。

不貞の子と呼ばれ続け、まともに愛を受けることはなかったわたし。

父と母の言いなりで彼を騙して嫁いだわたし。

そんなわたしができることといったら、せめて、彼に対して素直であろうと努めることくらいだった。歩み寄ろうとした、なんてほど立派なものではなかった。

そんなことくらいしかできなかったわたしの小さな努力。それなのに、バルトルはこんなふうに言ってくれる。

瞬きすると、瞳からとうとうひとしずくの涙がこぼれた。

「……わたしも、あなただったから……」

言い終わる前に、わたしの目の前で金の髪の束が舞った。

バルトルが勢いよくわたしに飛びつき、抱きついてきたのだった。

ぎゅう、と一回り大きい彼の身体にすっぽりと抱き締められる。

「好きだよ、ロレッタ。君しかいない」

◆◆◆

「――僕はね、本当は平民にもみんな魔力はあるんじゃないかと思っているんだよ」

さっき、君が気にしていたことだけど、と前置きしてバルトルはぽつりと語り始めた。

「……えっ？」

「そうでもなくちゃ、おかしくないか？　平民から僕みたいな魔力持ちがいきなり生まれるとか」

バルトルは自身を指で指し示す。

それはたしかに、その通りだ。平民の魔力持ちは特別変異であるという扱いをされているけれど、バルトルの言う通り『なぜ魔力持ちの平民がいきなり生まれてくるのか』を考えてみると、バルトルのその考え方の方が自然、とまでいえるかもしれない。

「あと、こっちの方がちゃんとした根拠なんだが……」

バルトルは一呼吸置いてから続けた。

「魔道具を起動させるのになにかしら押すだろう。スイッチとか、ボタンとか」

「はい」

「あの時に微量でも魔力を流すことで魔道具は作動している」

「えっ？　そうなのですか？」

「本当に微量だよ。魔力を通さない素材の手袋とか……そういうのを身につけた状態ではなにをしても魔道具は動かないことは確認済みだ。でも、それだとおかしいだろ？　魔力を通さない状態では魔道具を使えない、それなら魔力を持たない平民たちは魔道具を使えないことになる。つまり、彼らは本当は魔力を持っているってことだ」

わたしはあっけにとられる。

――本当にそうなの？　わたしが目を丸くしていると、バルトルは作業台の傍らに置かれていた物々しい手袋を片手に嵌めて、実演してくれた。

バルトルは論より証拠、とわたしになにかを教えてくれる時は口頭だけでなく、こうして実践してみせてくれることが多かった。

小型の魔道具……温風で濡れた髪を乾かす魔道具だ。持ち手の部分にあるスイッチをバルトルが押しても、それは動かない。バルトルは今度はわたしにそれを手渡し、スイッチを入れるように促す。わたしが素手でスイッチを押すと、ゴーと音を立てて魔道具は稼働し始めた。

「それは……バルトル以外に把握されている人は？」

「多分、いないな。こういった魔力の絶縁素材というのは一般には流通してないから。……いや、気づいていてもみんな無視してる、かな。コレさりげなく言ったら貴族連中に睨まれたし。平民の魔道具士だって、なにかと貴族様に頼ってないとやってけない商売だからさ。いちいちそんなことを検証している奴……僕しかいないよ」

多分ね、と繰り返し、バルトルはアハハと笑う。

「……その、それは……能力として発現しないだけで、魔力を持たないとされている人たちにも魔力はあるということですよね？」

「そう、君が現にそうだろ？」

しげしげと魔道具を見つめながら、わたしはつぶやく。

「……発現する魔力と、そうでない魔力の違いは……」

「……これは僕の仮定だが、純度の問題じゃないかな。貴族は同じ力の系統同士で婚姻することが多いらしいじゃないか。でも、平民はそういうのは気にしないからさ、っていうかそもそも自分達に魔力があるとか思ってないし」

バルトルは手招きし、わたしを工房の作業台の近くに呼んだ。

「魔力には属性ごとになんらかの形があって……そして、能力として発現するには身体にその属性の魔力に合った穴のようなものがないと発現できない、みたいに考えたらわかりやすいんじゃないかな」

「穴……」

「うん。例えばさ、火だったら丸、水なら雫形、風なら三角、電気なら四角みたいな形。持っている魔力と同じ形の穴が身体にないと、出てこないんだ」

バルトルは工房の作業台の椅子に腰掛けると、紙に書いて図説してくれた。

「で、純度が高いほどその穴の形が合いやすいけど、色々混ざり合っているとイマイチ形が合わないから力が使えない。……とか、どう？」

「――は、はい。なんとなく……わかりました……」

バルトルの図説を眺め、わたしはおずおずと頷く。

「これは僕の憶測だが。君はきっと、全ての属性を持った魔力をしているんだと思う。でも、その魔力の形に合うような穴が身体にないんだ。その代わり、魔力の糸は紡げるけどね、魔力を糸の形に変えているからきっと糸だけは身体の外に出せるんだ」

魔力の形と、身体にある魔力を吐き出すための穴の形。その形が合わないと、魔力を発現できない。その理屈には納得がいった。そうであれば。……でも。

「全ての魔力……？　でも、そんな……」

母は火の魔力を持っていた。そして、不貞相手である名も知らぬ父は……平民だ。

バルトルの仮説を用いるのであれば、平民は色んな系統の魔力が混ざり合っているのだというこ
とになる。とすれば……あながち的外れではないと察することはできる。

でも、全ての魔力だなんてそんな大それたことがあるわけないとも、思ってしまう。

「髪の色に、魔力の属性は表れるというだろう」

「はい」

かつて、父はバルトルのことを「貴族の髪の色の意味も知らない」のだと馬鹿にしていたけれど、
バルトルはちゃんと髪色の意味を知っていた。

「ロレッタ。絵の具で絵を描いたことは？」

「あ、ありません」

「うん。あのね、絵の具って色を混ぜると別の色が作れるんだけど、赤と黄色と青と緑と……とに
かくいろんな色を全部混ぜたらどんな色になると思う？」

「ええっ？」

眉を顰めて真剣に考えるが、それでも想像がつかない。

オロオロするわたしにバルトルはクスリと微笑む。

「黒になるんだよ。全部の色を混ぜると」

「黒……」

「君の髪の色だ。きれいなきれいな、黒色」

バルトルの長い指がわたしの髪をすくう。

つい先程のことを思い出してしまい、顔が熱くなる。バルトル。名前を呼ぼうして、息を吸い、そしてうまく吐き出せないまま呑み込んでしまった。

熱っぽかった瞳をパッと笑みに変えて、朗らかにバルトルは続けて言った。

「アハハ、まあ、絵の具でやったら君の髪みたいなきれいな色にはならないんだけどさ。こう、比率によっては茶色っぽくなったりね……。でも、ホラ、平民の髪の色って言ったら、大体は黒か茶色だろ。いろんな属性の色が混ざり合って、そうなんだとしたらさ、結構いい仮説だと思うんだが」

「……本当に、そうですね……」

なぜだろう。バルトルが言うと「そうなのかもしれない」と思えた。

きっと、バルトルがいろんな事を幅広く、柔軟に考えられる人だからだ。

ニッ、とイタズラっぽくバルトルが笑う。

「……もしもさ、平民でも魔力の糸を作れたら……それって結構すごいよな?」

わたしはまたぽかんとしてしまう。

バルトルの笑顔は……キラキラとしていた。

貴族にしか紡げないとされている魔力の糸。魔力の糸は納税の対価として配られる他、高値で売買もされている。

貴族の権威は、魔力の糸の希少価値によって底上げされている。

平民でも魔力の糸を作れたら。……本当にそれは、すごいことだ。

「……たしかにそれは……きっと、貴族のみなさんは怒りそうですね」

「あはは！　間違いないな！　まずいなあ、屋敷に火つけられたり、工房壊されないように気をつけなくちゃね」

バルトルはあっけらかんとして笑った。

「でも、僕はさ、それを目指したい。貴族でも、平民でも、関係なく魔力の糸を作れて……もっと誰でも、魔道具という便利なものを活用できるようにしていきたい」

「バルトル……」

「……きっと、僕の夢を叶えるまでに君にたくさん協力してもらうことがあると思う。嫌がらせも受けるかもしれないし……それでも、僕は君に隣にいて欲しい」

バルトルの青い瞳が細められる。その瞳には再び熱が宿っていた。

わたしはそっと、バルトルの手のひらを握りしめ、それに応えた。

◆◆◆

「……僕は両親がいない。物心ついた時から一人だった。だから、小さいころは……本当にいろんなことをした」

「はい」

「君が僕にふさわしくないと考えるなら、僕の方こそ、本当はふさわしくないんだよ、僕、窃盗も詐欺も喧嘩も……本当になんでもやってたから」

夜の工房は冷える。わたしたちは屋敷の中に戻ってきていた。

軽く湯を浴び、そして初めてバルトルと会った日……書類上の夫婦となったあの夜以来、初めて夫婦の寝室で過ごしていた。

普段使われていないにも拘わらず、寝室は掃除が行き届いていた。使用人のみんながまめに換気もしてくれていたのだろう。室内は清潔感が保たれていて寝台の布団もふかふかだった。

わたしが心霊現象の話を怖がって寝付けなくなってしまったあの日も彼に隣にいてもらって眠りについたけれど、そのときとは全く違う気持ちで時間を過ごす。

大きな寝台に二人並んで腰掛けて、わたしはバルトルがぽつりぽつりと話す昔の話を聞いていた。

物心ついた時には親はいなくてスラム街で育ったこと、店の品物を盗んだり、ゴミを漁っていたり、人を騙したこともあったということ。

きっとそうだったのだろうと思っていた通りだったから、驚きはなく、わたしはバルトルが話すことを、ただただ頷いて聞いていた。

バルトルは「僕は恵まれて育ったと思う」と言った。

わたしはその言葉にも頷いた。

スラムで育つ子どもの多くは、幼いうちに死んでいく。

バルトルが今こうして大きくなるまで、生きてこられたことこそ、奇跡に近いだろう。

「僕、魔道具の本を盗んだんだ」

「……今も持っているあの本ですか？」

「うん、そう、あのボロボロの本」

ハハ、とバルトルは軽く笑う。

「店主にバレて殴られるかと思った。そしたら、『坊や、これ、落としていっただろう』って。くれたんだ」

青い瞳をわずかに揺らしながら、バルトルは話した。

「そんなことをする店主だったからかな。僕が大きくなる前にそのお店は潰れちゃったんだけど」

笑いながらも、バルトルの横顔は寂しげに見える。

「ゴミ捨て場に使えなくなったらしい魔道具が捨ててあったんだ。それからすごい気になって、知りたくて、読めもしない本を盗んだ。最初は文字なんて、なんにもわかんなかったけど、スラムにいたおっさんが面白がって読み書き教えてくれてさ」

そっとバルトルは目を伏せる。

「……子ども一人があんな場所で生きていけるわけない。僕は、人に生かされて、育った」

「……はい」

「ある程度大きくなってからもさ、違法に魔道具作って売ったり、格安で整備しますよ、なんてことしたりしてたよ。ろくでもないだろ?」

「でも、それは人のお役に立っていたんでしょう?」

「どうだかなあ」

硬い手のひらに手を伸ばすと、バルトルはぎゅっとわたしの手を握り返してくれた。

すぐ近くにある整った目鼻立ちを見つめながら、わたしは言った。

「バルトルは電気の魔力を持っているでしょう。それだったら、あなたを養子に欲しがる家は多かったのではないですか?」

たとえ身寄りのない子どもだったとしても。

魔力持ちであれば、国に申し出ていればすぐに保護してもらえたはずだ。

「うーん……。そうかもね、でも、僕はずっとコレを隠して、逃げ回ってたから。魔力さえあれば国に大事にされるってことも、貴族になれるのも知ってはいたよ。……でも僕、貴族って大嫌いだったんだ」

「……そうなの」

バルトルは眉を顰めながら、苦笑して見せた。

「君が思っているよりも、平民は貴族が嫌いだし、貴族も平民を嫌ってる。君さ、僕が貴族の嫁を欲しがっていると考えていたけど、もしも本当に僕が誰でもいいから貴族の嫁を探していたとしても、多分誰も僕みたいな平民男のところに嫁にくる人はいなかったはずだよ」

「バルトルはこんなに格好いいのに？」

「そうだよ。……君、結構サラッと褒めてくれるんだな」

ふふ、と面映そうに微笑むバルトルはやはりハンサムだった。

……これだけ格好良くて、優しくて、優秀な方だから、絶対にそんなことはないのに。そう思ってしまう。

「でも、それならどうしてバルトルは……大きくなってから自分は電気の魔力を持っていると公表したのですか？」

あー、とバルトルは少し乱雑に金色の髪を掻いた。

「公表したってよりも、バレたんだよね。勝手に色々魔道具の開発してて、自分の魔力使って試運転とかやってたら。お前一度も国から魔力の糸を買ってないのに、なんでそんなに大量の魔道具を動かせるんだって」

「……まあ」

「でも、いい機会だった。それからは、それまでよりも開発もやりやすくなったし、国からも依頼を受けられるようになった。……君とも結婚できたしね」

「バルトルは本当に立派な人ですね」

「そんなことないよ。僕が魔道具を色々改良開発するのも、貴族が大嫌いだからってとこから始まってるし」

バルトルはキラキラとしたきれいな青い瞳を柔らかく細めて、クスッと笑った。

「君ほんとサラッと僕を褒めるね。……ねえ、それよりもさ、君と結婚できてよかったのくだりに反応はないのかい」

「あっ……」

改めて言われ、わたしは口を噤み、小さく顔を俯かせた。

バルトルはわたしの肩を抱き、胸元に引き寄せる。頭のすぐ上でくつくつと笑われ、こそばゆい。

「本当に君はかわいい人だね。……君と結婚できて、よかった」

「……ありがとう、バルトル」

くすぐったさと気恥ずかしさをごまかすように、ぎゅ、とバルトルの綿の寝間着を握りしめる。

バルトルはまた目を愛しげに細めている。

そっとバルトルは屈み、わたしの唇に触れるだけのキスを落とした。

「おやすみ、ロレッタ。また明日」

「……はい、バルトル、おやすみなさい」

そしてわたしたちは、手を繋いで眠りについた。

2.誕生日パーティ

今日は一日、みんなどことなく忙《せわ》しない一日だった。

いつもお仕事の時間以外はできるだけわたしと一緒に過ごす時間を設けてくれるバルトルすら、今日はなんだかよそよそしくて、不思議だなあと思いながら、わたしは麦わら帽子を被りながらお庭で土をいじっていた。

この国の夏は、他の国と比べると涼しくて過ごしやすいらしいけれど、それでも夏の日差しは強く、休憩のため作業の合間に屋敷に戻るたび、わたしの姿を認めた人たちはなぜだかそそくさとどこかに行ってしまう。

(……今日は、なにかある日だったかしら……)

バルトルと結婚してから、もうすぐ一年が経つ。長いようで短い一年間。

バルトルのお屋敷の事情や貴族としてのバルトルの過ごし方の全てを知っているわけではない。

わたしが知らない特別な行事でもあるのだろうか。

不思議に思いながらも大して気にはせず、わたしは日中を過ごした。

◆◆◆

「――奥様！　おめでとうございます」


「……え？」

「ロレッタ、おめでとう」

微笑みと共に、バルトルがわたしに花束を差し出す。

反射的にそれを受け取ってから、わたしは目をぱちくりとさせながら彼の顔を見上げ、それから招かれた部屋の装飾、集まった使用人たちのみんなの顔をぐるりと見渡した。

「今日は君の誕生日だろ」

「…………えっ」

「嘘だろ、覚えてないのかよ」

バルトルが片眉を歪めて、綺麗な青色の瞳を細めた。多少荒んだ言葉遣いは、それだけ驚いたからだろう。

まだきょとんとしているわたしにバルトルは「全く」と肩をすくめた。

「ご、ごめんなさい。わたし、誕生日……その、祝ってもらったことがなくって」

「あーもう、もっと早く君のことを知っていればと悔やまれるよ。……いや、知ってても十年前の僕じゃあ一緒にスラム街だからアレだが……」

（……十年くらい前はまだスラム暮らしだったのね……）

いくつくらいの時から魔道具士として安定した生活ができるようになったのだろう？　とふと思う。それは今度聞いてみることにする。今はひとまず。

「あの、これ、わたしの……誕生日パーティ……ということですか？」

「そうだよ！　ずいぶんととぼけてくれたな！」

「きゃっ」

「アハハハ！　かわいい」

バルトルがなにか小さな筒の紐を引っ張ると『パァン！』という音とともにカラフルなひもがわたしに降りかかる。ヒラヒラと舞い降りてきた紙切れを手に取ると、『おめでとう！』とバルトルの字で書いてあった。

「えへへ～、奥様！　おめでとうございます！　これからもわたくしの素敵な奥様でいてくださいね！」

「セシリー……ありがとう」

「おい、セシリー。君のじゃないだろ、なにをドサクサにまぎれて」

使用人を代表して！　と前置きをしてセシリーもふわふわのお花がたっぷりの花束を抱えてわた

しに飛びついてきた。

彼女のお目付役的な存在のマールがはあ、と大きなため息をついたが、チラッと合ったその日が「今日は無礼講ですから」と言っていた。

自分よりも小さな身体を抱き返しながら、わたしも微笑む。

「もうわたくし、今日という日が楽しみで楽しみで！　よかった、バルトル様がこの日まで奥様にフラレなくて！」

「セシリー……」

「ずっと前から決めてたんだよ、絶対に今日は君にとって最高の誕生日にしてみせる、って」

バルトルの手のひらがわたしの肩を摑んだ。

振り向くと、鮮やかなウインクが送られた。

「まあ、お貴族様がする誕生日パーティって奴よりも随分質素だろうが、いいだろ？　ここでならいくらでも酔っ払って大丈夫だよ。全員よく知った奴しかいないからね」

「……バルトル……」

「酔っ払って暴れても、寝ちゃってても僕がなんとかするし、それで君を悪くいうような奴は誰もいないよ。安心して、楽しんでほしい」

「どうして酔っ払う前提なんですか？」

「ん？　いや、規模が大きい集まりだといるだろ、良くない輩が何人か。それと、酔って気が大きくなって変なことしたらあとから揚げ足とってくる奴とか。そんなところじゃ安心して酔えないよね、って思ったから」

小首を傾げながら言うバルトルはいつもの調子だった。

言わんとすることはわかるので、わたしもふふ、と笑って返す。

「奥様、ケーキもありますよ」

「この間おいしいと仰っていたお肉の料理もご用意しました」

わたしを囲むみんなが口々に言う。

部屋中に飾られた華やかな装飾、眩いほどきれいでおいしそうな料理の数々。そして、笑顔で「おめでとう」と言ってくれるみんな。

……ずっと不貞の子と言われてきたわたし。

そんなわたしの誕生日が祝われるわけもなかった。だから、わたしももう自分の誕生日なんて忘れきっていた。

妹が毎年それはもう盛大に祝われるのを、羨む気持ちは昔はあったかもしれないけど、いつのまにかその気持ちすら無くなっていた。

(誕生日におめでとう、って言ってもらえるのって、こんなに嬉しいんだ……)

知らなかった。ずっと、「黒髪の娘なんて生まれてこなければ」としか言われたことがなかったから。

生まれてきたことを祝ってもらえる日が来るなんて考えたこともなかった。

「ありがとう、わたし……。誕生日に嬉しいって思ったの、初めて」

涙を瞳に溜めながらそう言えば、わあっと会場から歓声があがった。


賑やかで楽しいパーティはおしまい。

そのあとは、いつもどおりお風呂に入って、寝巻きに着替えて寝室に向かう。

想いを伝え合ったあの日以来、わたしとバルトルは夫婦の寝室で一緒に寝るようになった。

とはいっても、バルトルは初めに言った「式の日までそういうことをする気はない」という言葉通り、なにかをするわけでもなく、本当にただ二人並んで横になって、取り留めのない話をして眠るだけ。

わたしはこの時間がたまらなく好きだった。いつも幸福感と心地よい微睡みに包まれながら眠りにつく。

今夜はまた一段と、幸せな気持ちで布団に埋もれていた。

「ね。来年もさ。またお誕生日パーティやろうね」

指を絡めながらバルトルが言う。

さっきあれだけ感動したのに、わたしはまた胸がじんと熱くなってきてしまった。

「……バルトル」

「返事は?」

「はい! ありがとうございます!」

今度は威勢よく答えるとバルトルは「うん」と満足げに微笑んだ。

「僕、君がそうやって笑ってるのが好きだよ」

しばらく二人で「ふふふ」と笑い合う。

「ねえ、バルトル。……バルトルのお誕生日は、いつでしょう?」

「えっ?」

「わたしも……バルトルのお誕生日をお祝いしたいです」

バルトルは首を捻る。

しばらくそうしたのちに、眉根を寄せたまま口を開いた。

「……僕、誕生日、わかんないな」

「まあ……。そうなんですね」

「そういえば、考えたこともなかったけど、そういえばそうだな。……わかんないな、誕生日」

妙にしみじみとしながらバルトルは呟く。

「今ここにいる以上、誕生した日っていうのはあるんだろうが……」

「そうですね……」

当たり前のことをやたら真剣に言うバルトルに合わせて、わたしも重々しく頷いてみせる。バルトルはわたしの質問に真剣に答えようとしてくれているようで、顎に手をやりながらまだ考えているようだった。

「一年が終わったら、ようし僕も年をとったな、って思うようにはしてきたんだけどね。それで不自由なかったたし」

「そうだったのですね……」

何気なく言うバルトルだけど、わたしはどこかもの悲しい気持ちになっていた。一拍置いてから、わたしは切り出した。

「あの、いつでもよろしいのでしたら……お祝いをする日を、決めてみませんか？」

「お祝いする日を決める？」

「はい。わたしだけ毎年お祝いしていただくのは……わたしも、バルトルのお祝いがしたいです」

誕生日がわからないということは、つまり、バルトルもまたわたしと同じで、一度も誕生日を祝われたことがないということだ。

自分のことはちっとも気にしていないのに、わたしの誕生日は絶対に祝おうと思ってくれていたことが嬉しくもあり、可笑しいような、悲しいような、バルトルらしいなと思うような、不思議な気持ちになる。

でも、それならますます、わたしもバルトルに生まれてきたことをおめでとうと言いたいと思った。

「そうだなあ、じゃあ、新年を迎えた日に……ってしてもいいけど、それも慌ただしい？　いつでもいいのなら、もっとなんでもない日にしようか」

「は、はい。なにか……こう、季節の行事と被らない記念日とか、あればよいのですが」

バルトルと出会ってから一年のことを思い返す。

毎日が記念日という気すらしてしまうけれど、一体いつがふさわしい日だろうか。

「……じゃあ君と初めて会った日にしようか」

「えっ？」

わたしが思い当たる前に、バルトルは「そうだ」と顔を輝かせながら言った。

「そういう日なら僕も自分で祝いたい気分になれるもん。それがいいな」

「バルトル……」

柔らかく目を細めながら言うバルトルに、ついわたしの胸もじんと熱くなった。

ニコ、とバルトルは微笑む。

「じゃあ、三の月の十日、だね」

「えっ？　わたしたちが初めて会ったのは、八の月のことでは……？」

忘れようもない。バルトルがわたしを……あの家から連れ出してくれた日だ。

きょとんとするわたしにバルトルも目をぱちくりとさせ、怪訝な顔をする。

「ん？　えっ、そんなことないよ、僕、君と会った日のことを忘れたことは……。……あ」

「え？」

バルトルはサッと口元を手で覆った。目線が不自然に右上に泳いでいた。

「……いや、そうだった。うん、初めて会ったのは八の月の二十日。そうだね？」

「は、はい。バルトルが、わたしを迎えに来てくださった日です」

「ごめん、ちょっと……僕ってば、結構ポンコツみたい」

ハハ、とバルトルは乾いた笑いを浮かべる。

……間違えるにしては、随分と大胆に間違えている。まさか、バルトルがその日のことを忘れているわけはないと思うけど。それに、何日のことかははっきり覚えているようだったし……。

「そうか、でも、これじゃあ結婚記念日と被っちゃうね。どうしようかな、ちょっとズラして君と初めてデートした日とかにする？」

「ど、どうしましょうか？」

連日お祝いというのも慌ただしさには変わらないだろうか？　真剣に悩んで考え込んでいると、バルトルは「いや」と言って、小さく首を横に振った。

「……ううん、やっぱり、三の月の十日にしよう」

「なにか良いことがあった日なんですか？」

聞くと、バルトルは小さく口元に笑みを浮かべ、囁くように言った。

「うん、とっても」

……どんなことがあった日なのかしら？

そう囁くように呟いたバルトルの瞳は、とても優しく細められていた。

（……バルトルがこんな顔をするような思い出のある日なのだから、きっととても良いことがあった日なんだわ）

バルトルの幸せそうな顔を見ながら、わたしの胸もなんだか温かい気持ちになるのだった。

◆◆◆

そして、そんな幸せな日々が続いたある日のこと。


「……ルネッタが、魔力継承の儀を執り行う……ですって……？」

「それに伴って、親族一同に向けてクラフト侯爵家の次男坊との婚約発表も行うようだね」

――アーバン家から初めて、バルトルの屋敷に文が届いた。

来たる日、アーバン邸にて儀式を執り行うと。嫁入りしたとはいえ、アーバン家の長女である自分宛に招待状が送られることはそう不思議なことではない。

バルトルは招待状をつまみあげ、目を眇めていた。

「……僕はこんなの行かなくてもいいと思うが」

「……」

高級な厚紙を用いたメッセージカードの他に、三つ折りにされた手紙が一枚入っていた。

母からのものだった。

内容はなんてことはない。『あなたはアーバン家の娘なのだから、この日必ずここに来なければなりません』というものだ。

ただ、それだけ書かれた薄い紙切れ。だけど。

――わたしは母の指示に背くことはできなかった。

わたしの表情からそれを察したのか、バルトルはため息と共に肩をすくめた。

「……ごめんよ、大丈夫。ついていくよ」

「……ありがとう、バルトル……」

バルトルは眉を下げ、困ったような笑みを浮かべながらも優しくわたしの肩を抱いた。

（魔力継承の儀。つまり、これでアーバン家はルネッタが当主となる。……わたしはアーバン家とは、これで本当にお別れ）

――未だ自分の心を縛るアーバン家の楔《くさび》を正真正銘断ち切るため、わたしは『魔力継承の儀』への参列を決めたのだった。

七章　明かされた真実と、決別

1．アーバン家、魔力継承の儀

アーバン家の大広間には、親戚一同が集まっていた。

『魔力継承の儀』には家系の一族が集うのが通例だ。……居心地が悪い。

「……ああ、あの髪……」

「あの子が例の娘よね。……よくもまあ、来れたものよね」

「……」

隅っこの方にいようと思っていたのに、お母様が「あなたはこの家の娘なのだから」と言って無理やり儀式を行う父とルネッタの目の前に引きずっていったのだった。

父の家系の一族はほとんどがブロンドの髪だ。黒い髪のわたしは目立つ。かつて短く切り、帽子をかぶっていたわたしの髪はもう肩よりも長くなっていた。みな、一様にわたしの伸びた髪を一瞥していた。

母の隣に並び立つと、より一層周囲からの囁きは増していく。

「……不貞の母娘が……」

「成り上がりに嫁いで、まあお似合いだな」

「……ロレッタ」

「大丈夫です、ありがとう。バルトル」

周りには聞こえないような声でわたしたちはそっとやりとりする。

……曲がりなりにも、わたしは今日ここに来るのだと、自分自身で決めたのだ。

家族に虐げられてきたことにより、わたしの心の中に打ち付けられた彼らの楔を、断ち切るのだと。

彼らと会うのは今日が最後なのだと。

(……ありがとう、バルトル)

隣にバルトルがいてくれているおかげでわたしは今ここにまっすぐ立っていられる。

「……」

すぐ近くに、見慣れない薄い水色の長髪を結んだ男性がいた。見るからにアーバン家の親戚すじではない。

彼がルネッタの儀式が終わったあと、一族にお披露目されるという婚約者なのだろう。

レックス・クラフト。侯爵家の次男で水の魔力を持つ男。レックス様ご自身は水の魔力が発現しているけれど、クラフトの家系としては電気の魔力を持ったものを多く輩出していたはずだ。アーバン家にとって、血統的にいっても悪くない。貴族としての家柄でいえば、とんでもない良縁だ。

クラフト侯爵家は肥沃な土地と財を持っている。

レックス様はわたしを横目で見やって、すぐに目を逸らされた。

……わたしの一族ではない彼からも感じてしまった侮蔑の気配。

両親はわたしを公の場にけして晒さないようにしてきた。病弱な娘と偽ってまで。それでも、どこからか噂は漏れ出て、貴族の間では公然の秘密となっていた。

広間の中央に魔法陣が描かれた布が敷かれる。その上に立つのは美しく着飾ったルネッタ。薄い布地を幾重にも重ねたドレスを身にまとう彼女は妖精のように美しい。母の結婚式の時の写真の姿によく似ている。ふわふわの長いブロンドヘアーは父譲りだけど、ルネッタの顔は母に似ている。

「では、これより魔力継承の儀を執り行う！」

当主の父が合図をする。

父の魔力をルネッタに譲り渡すのだ。これにより当主の魔力は代が変わっても引き継がれる。

（……ルネッタがもう、家を継ぐなんて……）

ルネッタはまだ十六歳。ルネッタは不貞の子のわたしを姉とは思っていなかったみたいだけど……でもわたしにとっては幼い妹ということは変わらない。かつて、魔力の糸が紡げないのだと泣きじゃくって甘えてきたルネッタのことは忘れられなかった。……それはわたしをいいように使うための嘘で、本当はルネッタ自身はあの時からずっとわたしを蔑み、嘲っていたとしても。

親戚はみな嬉しそうな顔で父とルネッタが儀式を行うのを見守っていた。

二人の魔力に反応して、魔法陣が輝く。父とルネッタの身の周りで光が躍り出す。そして、二人が手を繋いだ、その瞬間。

「……!?」

「いっ、た!」

バチバチバチッと火花が散る。焦げ臭い匂いが鼻につく。

(……一体、なにが……!?)

わたしは思わず息を呑んだ。

目を見開く父、そしてルネッタ。

「い……いたいいたいいたい!!!」

ルネッタが焦げた手を天高く掲げながらのたうち回った。

「グッ……ルネッタ……!?」

父もまた歯を噛み締めて痛みを堪えているようだった。

どよめく親戚たち。儀式を行っていた二人のほど近くにいた水の魔力を持つレックス様が素早く駆け寄り、父とルネッタの焼け焦げた手に冷水を浴びさせた。

二人は耳を塞ぎたくなるような声を上げていた。

「誰か！　桶を持ってきてくれ、早く冷やしたほうがいい！」

わたしも唖然としていたけれど、レックス様の声でハッと我にかえる。

桶を、と思うが、だめだ。ろくに足を運ぶことのなかった本邸、なにがどこにあるのか全くわからない。

「お、お母様、桶はどこに……」

すぐ隣にいた母に問うが、母はまるで微動だにせず、火傷に苦しみ喘ぐ二人を見つめていた。わたしの呼びかけにも応えてくれない。

レックス様は二人に冷たい水をかけ続け、フロアに敷かれた絨毯は水を吸いどんどん重たげに色を変えていった。

「な、なぜ？　どうしたんだ？　継承の儀が……失敗したのか？」

「継承の儀が失敗するだなんて聞いたことないぞ！」

騒めきが広間を包み込む。

やがて、使用人の誰かが桶を持ってきてくれたようだった。

桶に溜めた水に焦げた手のひらを沈めさせるとようやく二人は落ち着いてきたようで、こぼれ落ちそうなほど眼を見開いたまま、身体全体を上下させ荒い呼吸を整えているようだった。二人揃って顔面蒼白である。

「……あは、あはははは！」

呆然としつつ痛みに苦しむ父とルネッタ。戸惑いに満ち溢れ、訝しげな親戚一同の目。そんな中、響いたのは母の高笑いだった。

先ほどまで、石像のように真顔で二人を見つめ続けていた母が突如大口を開けて笑い出したのだ。

「マーゴット！　なにがおかしい！」

「だって、だって、こんなに愉快なことがありますか！」

父の怒声に母は鈴を転がすような声で答えた。生まれて一度も見たこともないような晴れやかな笑顔だ。

「なんて無様なの、うふふっ。ねえ、ロレッタ？」

母の骨張った手がわたしの肩を摑む。びくりと身体をこわばらせたわたしの身をバルトルが素早く引いて、すぐに母から離してくれたが、母はわたしの反応を気にしてすらいなかった。それほどまでに、彼女は今ごきげんなようだった。

「ああ、この日を待ち侘びていたの！　あなたがわたくしの偽りに気づくこの日を！　皆の前で醜態を晒すその時を！」

「は……？　なにを……」

「本当の娘を虐げて、偽りの娘を熱心に可愛がって……ふふっ」

「お、お母様……？」

桶に張った冷水に手をつけながらルネッタは顔を引き攣らせ薄い笑みを浮かべた。

母譲りの茶色くて大きな瞳を、縋るように揺らしながら。

「お、おい……おまえ、まさか……」

父の顔が引き攣り、震えながら桶につけた手とは反対の手で母を指差す。

「……あなたが妹を可愛がるのは滑稽だったわ。あの子こそ、あなたとは血のつながらない娘なのにね」

「……っ」

父は、察したらしい。


魔力継承の儀は失敗した。

血の繋がるもの同士でなければけして行うことができない秘術。これこそが尊き血を脈々と受け継いできたという誇り高き貴族であるという証左。それが魔力継承の儀である。


「ルネッタは不貞の子です」

シン、と先ほどまでのざわめきが嘘のように広間は静まり返る。

真実を明かす母の言葉が無かろうと、一堂に会した人間たちは皆、儀式の失敗が意味することを理解していた。

「……ルネッタが？」

「そうよ。それを、自分の小さい時とそっくりだなんて持て囃して……ばっかみたい」

母は鼻で笑い、吐き捨てるように言った。

「ま、まて。じゃあ、ルネッタは……どこの誰の子なんだ？　あんなに俺に……似ていたのに？」

「さあ。わかりませんわ、あなたと同じ髪の色をした男だったことしか覚えてません」

「貴様――！」

青褪めていた父は激昂し、拳を戦慄《わなな》かせながら母に向かってきた。

ビシャ、と水を吸った絨毯は父が足を踏み締めると水音を響かせる。

「……ッ」

幼い頃、その拳に殴られたことのあるわたしは反射的に腕で身体を庇い、目をきつく瞑った。今、父の怒りの矛先は母に向いている。それはわかっている。けれど、身体に染み付いた恐怖が勝手にわたしの身体を動かしていた。

「……おいっ、離せっ！　卑しい成り上がりめっ！」

「……暴力は良くないですよ」

バシャ、バシャと水の音がした。父が暴れているのだろう。

わたしは恐る恐る目を開ける。

バルトルが暴れる父を羽交締めにして押さえてくれていた。

母はその光景を見て、「あははは！」とさらにおかしげに笑い声をあげる。

バルトルに押さえ込まれて、儀式の失敗による負傷もある父は憤り続ける体力もないのか、次第に顔の赤みはひいていき、やがて再び青白い顔になると、目を大きくして、ヨロヨロとわたしに震える指を向けた。

「ま、まて、さっき、お前……『本当の娘』と言っていたが、それは……」

「……そうよ、間違いなくロレッタはわたくしとあなたの子よ！　わたくしはあなたが初めての相手でした！　ロレッタが産まれるまで、わたくしは他の男は知りませんでした！」

父は絶句する。

代わりに静まり返っていた広間に再びざわめきが戻ってきた。

あのロレッタが。あの黒髪の娘が。父親に微塵も似ていないあの娘が本当に？

――あの不貞の母の言うことを信じるのか、姉妹二人とも不貞の子なのでは？

ああ、最初から黒髪の娘を産んですぐにあの女とは離縁しておけばよかったのに――！

いろんな言葉が、声が聞こえてくる。

「……すまない、君たち一族の問題だとは思うのだが……少し、よいだろうか」

この状況にあって、冷静な落ち着いた声音。

皆は一斉に彼を見た。

ルネッタの婚約者、レックス様だ。

「俺はこのルネッタ嬢と婚約をしていた。そして、アーバン家に婿入りをする予定だった。完全な他人というわけではない。どうか横入りを許してくれ」

広間は静かになり、彼の声を響かせた。

「君はどうやらアーバン家の血を引かないようだが……俺は君自身の能力を買って婚姻を申し込んだ。俺にとってそれは重要なことではない」

「レックスさま……！」

青褪めて茫然自失していたルネッタの顔に生気が戻る。

「――だから、今ここで証明してほしい。アーバン家が国に納めていたあの魔力の糸、あの素晴らしい糸を紡いでいたのは君なのだと」

「……うっ……！」

一転、ルネッタの顔は引き攣った。

「……そ、その、今は……家の繰糸機の調子が悪いんですの……」

「いいや、この間、この僕がメンテナンスをさせてもらったところだ。おかしいところなんてなかったよ」

歯切れの悪いルネッタの声に、被せるようにしてバルトルは言った。

「……」

冷徹な印象の切長な瞳が鋭くルネッタを見やる。

ルネッタは大仰に腕を振りながら彼に必死で説明した。

「そ、そのあとすぐに……壊れてしまったんです。だ、だから……今ここでは……。少し、あの、日を改めて……そうしたら、そう、あなたさまの邸にお届けに参りますわ！」

（……！）

ルネッタと目が合う。「お願い、助けて、お姉さま」と、ルネッタは縋っていた。

私《ルネッタ》のために、あの魔力の糸を紡いでくれと。

「それはダメだ。日を改めること自体は構わない。だが、俺の目の前で糸を紡いでもらわねば。この家の繰糸機が使えないのならば……俺の家のものを貸してもいい」

「……ッ、そ、それは……」

淡々としたレックス様のお言葉にルネッタは俯き、ギリっと歯を噛み締める。

「……俺の目の前で糸を紡いでもらう。それができないのであれば、俺は君を信用できない。すまないが、婚約の話はなかったことに……」

「わっ、わか、わかりました！　そ、それでは……代わりに、手紡ぎでさせていただいてもよろしいでしょうか!? その、繰糸機で作ったものと比べれば……質は劣るかもしれませんが……!」

「いいだろう。今時、手紡ぎで糸を紡げるのか。繰糸機と手紡ぎでの仕上がりに差が出ることは理解している。……俺も曲がりなりにこの分野においては専門だ。それも考慮に入れて見極めさせてもらおう」

ルネッタ。かつて、魔力の糸をうまく紡げずに泣いていた女の子。

……今となっては、アレも嘘で、十歳になったばかりの当時から本当はルネッタはちゃんと糸を紡げていたのかもしれないと考えたりもするけど……。

ルネッタが両の手の人差し指をクルクルと回す。しばらくすると、しゅるりと糸が現れた。火傷を負った指が痛々しい。

ああ、本当に今はもう自分で糸を紡げるようになっていたのね、なんて感慨深くなってしまう。バルトルによると、今の貴族たちは繰糸機しか使わなくなって久しいようだけど、わたしもルネッタも、お母様から手で糸を紡ぐやり方を教えてもらっていた。

ふと、お母様を横目でみると、お母様はルネッタのいざこざにはご興味がないようだった。お父様が放心しているのを目を輝かせながら見つめるばかり。ルネッタも、間違いなくお母様の娘であるはずなのに。わたしは母の……かつてわたしを産み、不貞を疑われ続けた女の妄執を感じ、ゾッと背筋が冷えた。

「——……もういい、話にならないな」

「っ、レックスさまっ」

「全く違う。繰糸機か手紡ぎかの違いなど、問題にならないほどに。糸の細さも、魔力の質も、色すら違う」

糸の束が出来始めた頃、レックス様は大きなため息と共にかぶりを振った。

ルネッタは拳を戦慄かせながらレックス様に縋るけれど、レックス様の目は冷たいままだった。

きた魔力の糸の色はどちらかといえば銀色——真珠のような色合いと光沢を持っていた。とはいえ、魔力の糸の色は基本的には『無色透明』とされている。よくよく注視しなければわからないような差ではある。

ルネッタが紡いだ糸の色は束になると金色に近い色であることがわかった。……わたしが作って

だけど、レックス様は魔力の糸がきっかけでルネッタに求婚したような方。そのような方であれば、違いには当然敏感だろう。

「君があの糸を紡いだわけではないことは理解した。……だが、だとするならば……あの魔力の糸は誰が紡いでいたんだ？」

「ち、ちがうんですっ。あの、私……さっき、儀式に失敗して、手も火傷して……！　お母様からも、あんなこと……言われて……ショ、ショックで動揺していて、だから……」

「だから、調子が悪いと？」

「そ、そうなんですっ、だから……だから、もう一度……！」

ルネッタの懇願を受けて、レックス様は目を眇めながらも、ふむと口元に手をやった。

「……ロレッタ」

バルトルが囁く。振り返り、見上げる。目が合うと、バルトルは黙って頷いた。わたしも、頷く。

……わたしは糸を紡いだ。

妹が望むものを奪う行為。だけど、わたしが今ここで糸を紡がずとも……結果は、変わらないだろう。

妹はわたしの憧れでもあった。離れの窓から眺めた中庭ではしゃぐ妹ルネッタ。豊かなブロンドヘアーをなびかせながら愛らしい笑顔で走り回るかつての妹。

ルネッタはわたしを蔑んでいたけれど、わたしはそれを知ってからも彼女に対する想いがあった。

「……っ、お、お姉さま……っ」

「これは……」

わたしの指先からシュルシュルと光り輝く糸がどんどんとできる。

ルネッタは歯軋りをしながら睨むようにわたしを見ていた。「やめろ」と言いたいんだろう。けれど、わたしはやめない。もうこれ以上ルネッタが無様を晒すところは見ていたくない、叶わない望みに縋りついてボロボロになっていく姿なんて。

魔力の糸はあっという間に一握り程度の束になる。

銀色のような、でも光が当たると虹色のような、真珠の光沢に似た色彩でわたしの魔力の糸は煌めく。

わたしは出来上がったそれを、レックス様に手渡した。

「……」

出来上がった糸を手に取り、レックス様は嘆息なされた。

「……なるほど。君が……そうだったのか」

琥珀のような色の瞳を細めて、レックス様はわたしを見やった。

そして、わずかに口元を緩められたかと思うと、クルリとルネッタを振り返り、厳しい面持ちで口を開いた。

「……ルネッタ嬢。君との婚約は破棄させてもらう」

「あ、あ……レックスさま……！」

ルネッタは膝を突く。血走った目からは涙も出ないようだった。ただ、目を見開き「信じられない」とばかりに顔を歪ませて半笑いを浮かべていた。

レックス様はそんなルネッタを振り返ることなく、こちらを見た。彼の足が向かう先はなぜか、わたしだった。

「……ロレッタ……いや、ガーディア夫人。申し訳なかった」

「えっ」

レックス様はわたしの正面までやってくると、深く頭を下げた。

「アーバン家にまつわる噂を鵜呑みにして、まさかあなたがこのように素晴らしい魔力の糸を紡げる人とは思いもしなかった。あなたに直接中傷する言葉を投げたわけではないが、俺はずっとあなたを不貞の子と軽んじてきた貴族の一人だった。……すまない」

「そ、そんな。レックス様が謝罪されるようなことでは……」

「……その黒髪。あなたは不貞の子で……魔力も持たないのだと、俺は思っていた」

わたしは首を振る。黒髪は平民の色、魔力を持たぬ証。貴族であればみなそういうふうに思っている。レックス様個人の問題ではない。

「……あなたの存在を正しく知らなかったことは貴族社会……いや、魔道具士たちにとっての大きな損失だ。……そうだろう、バルトル」

「まあ、そうだね。一応、僕も貴族だけど？」

「……お前の目利きはいいらしい。とすれば、お前が目指す魔道具の進化も、あながち悪いものではないのだろう。今後はクラフト家も支援することにしよう」

「おいおい、それはちょっと今の流れと関係ないんじゃないか？　まあいいけどさ」

軽い口調で返すバルトルに驚いて、彼の顔を見上げる。

眉を顰めたバルトルは唇を尖らせながら言った。

「……レックス・クラフトも魔道具士なんだよ。何度か一緒に仕事したことがあるんだ。仲良くないけどね」

「そ、そうだったのですね……」

たしか――そういえば、クラフト家はある魔道具の特許を有していて、産まれてきた子たちはみな代々魔道具士としての修行を積むのだと耳にしたことがある。

(……だから、この方も……魔力の糸から、ルネッタに……興味を持たれたのね)

しかし、ルネッタが今まで国に納品してきた糸はわたしの作ってきたものだった。

ルネッタは床にへたり込んだまま、固まってしまっているようだった。

レックス様はアーバン家との婚約を破棄した今、もはやこの場に残る意味もないとばかりに足早に広間から出て行かれてしまった。

わたしの背に、大きな手のひらが触れる。

僕たちももう帰ろう。バルトルがそう促しているのだと察したわたしは頷いた。

「ロ……ロレッタ、い、いままで……すまなかった」

広間の扉に向かうわたしの名を、父が呼んだ。

「……お父様」

「た、頼む。お前しかいないのだ、このままでは我が家は取り潰しだ。さっき魔力継承の儀を失敗して……俺はもう魔力を失ってしまった、魔力の糸だって作れない、そしたらもう、か、金もないんだ……生きていけない」

床に平伏し、縋り付く父。乱れたブロンドの髪、蜂蜜色の瞳。

……この人のこんな姿、初めて見た。

わたしにとって父はいつだって理不尽な巨人に見えていた。それなのに、今はこんなにちっぽけで弱々しく見えてしまうなんて。

「……ロレッタ。もう行こう」

「……。……ええ」

わたしの手を引くバルトル。その力は強かった。

掴まれた手首が痛いと、そう思うほどに。

2. 母の『愛情』

「──ロレッタ！　待ちなさい！」

バルトルはわたしの手首を掴む力をさらに強める。

広間を出て、屋敷の玄関に向かうわたしたちを母が追ってきていた。

「ロレッタ。わたくしの……愛しい娘。どうか、わたくしの話を聞いて！」

「……っ、バルトル」

「ロレッタ、聞かなくていい。足を止めないで」

バルトルの歩みの速さに、わたしは小走りでついていく。

「ねえ、ロレッタ！　今日まで、辛く当たってきてごめんなさい。でも、今日という素晴らしい日を迎えるには、必要なことだったの！　見た？　あの男の無様な姿、あなたを不貞の子と思い込んで、本当の不貞の子を自分の娘と可愛がってきて……裏切られたあの姿！」

母の声は悲痛で、そして絡みついてくるように甘やかで、愉しげでもあった。

「ロレッタ、お願い。立ち止まって、お母様とお話をしましょう。あなたはアーバン家の血と魔力を持った最後の一人！　あなたがアーバン家の当主となるの。そして、これからはお母様と一緒に楽しく過ごしましょう？　わたくし、本当はあなたとやりたかったことがたくさんあるの！　あなたに似合う流行りのお洋服を着せてあげたり、あなたの誕生日パーティを盛大に祝ったり……」

まるで、わたしを『愛している』のだとばかりに喚かれる母の言葉に困惑する。

どうして、という気持ちしか湧いてこなかった。

どうして、それなら、今までそれをしてくれなかったの？　どうして、今それを言うの？

どうして——それをわたしが受け入れられるのだと信じている？

今までずっと諦めてきた母の愛を突然浴びせられたわたしの背はゾッとするほど冷え切っていた。

バルトルは力強くわたしを引っ張っていく。わたしの手を握るその力強さが、母の言葉に抉られてじくじくする胸の痛みをごまかしてくれた。

母の叫びを掻き消さんばかりに、硬いフロアーの床を足音立ててバルトルは歩いて行った。

やがて、玄関にまで辿り着く。

「ロレッタ。先に行っていてくれ。玄関を出たら、すぐに御者に声をかけるんだ」

「バルトル、でも……」

「……君は、この人の言葉をもう聞く必要はない。さあ、行って」

「ロレッタ!!」

耳をつんざく甲高い悲鳴。

重たい玄関の扉をバルトルが開き、そして少し乱暴にわたしの手を引いて、扉の外へと背中を押した。

「ねえ！　わたくしはあなたに貴族令嬢として必要なことを教えてきたわ。マナーや礼節、他の貴族たちの情報、魔力の糸の紡ぎ方だって！　あなたを愛していたから！　あなたがいつかこの家の当主となる日がきたら、あなたがけして苦労することがないように!!　ロレッタ――」

「……ッ！」

重い扉はゆっくりと閉まっていき、母の叫びは最後まで聞き取れなかった。

◆◆◆

「そこを退きなさい、バルトル・ガーディア」

「……彼女は僕の妻です。妻を傷つける人間をそばに行かせられません」

「なにを言うの、わたくしはあの子の母です。あの子がこうして大きく……美しく成長するまで見守ってきました。あの子はアーバン家を継ぐの。あなたは我が家の婿になるのよ。さっ、そこをお退きなさい」

「いいえ、僕はこの家の婿にはならないし、ロレッタもアーバン家は継がない」

「……フン、そう。残念だわ、魔道具士と結婚するのが一番あの子を活かせると踏んでいたのですけど。子もできていないようだし、ちょうどいいわ。あなたとは離縁させます」

「正当な理由なく離縁はできない。あなたもこの国の人間なら国の法律はご存じでしょう。僕も、妻も、離縁など望みません」

バルトルの言葉を夫人は鼻で笑う。

「ハッ、結婚して一年以上も経って、子の一人もできていやしないくせに。どうせろくに床を共にはしていないのでしょう。婚姻後しばらくずっと子ができない夫婦は国から離婚の承認を得やすいのよ」

「そうですか」

「成り上がりの魔道具士、あなたもあのクラフト家の次男のように、あの子の作る魔力の糸だけが目当てなのでしょう?」

つくづく、見る目のないご婦人だ。バルトルはまともに取りあう気もなかったが、呆れ果ててため息が出てきた。

ろくに床を共にしていないどころか、バルトルとロレッタは未だ清い関係だった。だが、夫婦関係が悪いわけではない。バルトルはロレッタを愛しているし、ロレッタも自分を愛してくれていた。どんな理由があろうと彼女は自分のそばに居続けてくれるはずだという自信がバルトルにはあった。

貴族という人間たちはどうしてこうも『子ども』というものに歪んだ執着をするのだろうと、物心ついたころには父も母もいなかったバルトルには不思議で仕方ない。

まるで、子を物やトロフィーのように扱う彼らがバルトルは嫌いだ。

「わたくしは……たしかに厳しかったかもしれない。けれど、それは全部あの子のためだったのよ。あの子がこの家の当主となってもやっていけるように……。そして、あの愚かな父を叩きのめすには、これしか」

夫人は己がいかに哀れなのかと言い含めるかのように語り、かぶりを振った。

「――ルネッタ嬢もあなたの娘でしょう。彼女はどうでもよかったんですか？」

「あの子のこともちろんわたくしの娘とは思っているわ。でも、ルネッタも愚かな子。身の程を知らずに驕りたかぶり……最初から身の丈にあった相手を選んでいれば、あそこまで無様を晒さずに済んだのに。ロレッタが家を継いだら、そうね、一生独り身だったとしても、この屋敷で不自由のない暮らしをさせてあげようと思っているわ」

「……」

ロレッタの妹ルネッタも褒められた人格ではなかったが、彼女がああやって歪んだのはこの両親の影響だろう。バルトルは彼女には同情する気持ちがわずかにあった。

この夫人がかつて夫に信じてもらえなかったショックで心に深い傷を負ったのであろうことは想像がついた。だからといって、その腹いせにしたことを許してはならない。

彼女の語る娘への愛情をまともに聞くべきではない。

バルトルは眉間に皺を寄せ、鋭い剣幕で言い放つ。

「あなたの言葉で、ロレッタに伝えるべき言葉など一つもない。ロレッタにはあなたからの愛情を受け取る必要も、義務もない」

夫人は一瞬目を見開き、そして堰を切ったように大声で言い返す。

「なにを言っているの？　ロレッタはずっと寂しい顔をしていたわ。ようやくわたくしは胸を張ってまっすぐにあの子を愛せるのよ！　あの子はずっと、愛されたがっていた！　それなのに……」

「あなたのそれが『愛情』ではないとは言わない。けれど、それはロレッタが求めている『愛情』じゃない。あなたがすべきことは、不貞を疑われた時にただただ自分の娘を守り続けることだった。それをしなかったあなたからの愛情をロレッタが欲しがることはない」

「なにを……ッ」

「今後、ロレッタがあなたに会うことは一生ない。彼女は不貞の子と呼ばれていたロレッタ・アーバンじゃない。僕の大切な妻、ロレッタ・ガーディアだ」

「……ッ、このっ、成り上がりの平民が！　わたくしの子を……返してっ！　あの子は、わたしの……ッ！」

バルトルの視界がぐらりと揺れた。

火だ。

夫人が天高く腕を掲げていた。その手の先には大きな火球が躍っていた。フーフーと息を荒らげながら赤髪を乱して、彼女はバルトルを睨む。

ああ、彼女は妄執の中だけで生きてきたのだなとバルトルは碧眼を細めた。

「……残念だ、本当に」

――他者に対して害意を持って魔力を発現させることは法律で厳しく禁じられている。

彼女が腕を大きく振って、火球を投げつけてきた。それと同時にバルトルは一歩前に踏み込んでいた。

「グッ……!?」

バルトルは彼女の腹に掌底を放つ。強い力ではない。代わりに、ほんの少しだけ電流を纏わせて。

彼女はすぐにグラリと倒れ込んだ。

対人への魔力の使用は禁じられているが、バルトルのこれは正当防衛だ。

「……うーん、レックス・クラフトがいればな……」

アーバン家の玄関が燃えている。

アーバン家の親戚連中に水の魔力を持った人物はいただろうか。レックスがまだ残っていれば彼の力で消してもらえたのだが、先に出て行った彼のあとを追って探すよりも、広間の親戚一同の彼らに声をかけて協力して水を運び、消す方が確実そうだ。

幸いまだボヤ程度だ。何度か桶いっぱいの水をかければ消火できるだろう。バルトルは走って、広間に向かった。

アーバン家の屋敷が大炎上すること自体はバルトルは構わなかったが、さすがにそこまでの火の勢いになったらアーバン夫人とのいざこざがロレッタにもバレてしまう。それは避けたかった。ボヤのうちに消しておきたい。何事もなかったように。

（もう、彼女がこの家と、この人たちのことで思い悩むことがありませんように）

バルトルはそう願ってやまなかった。

幕間

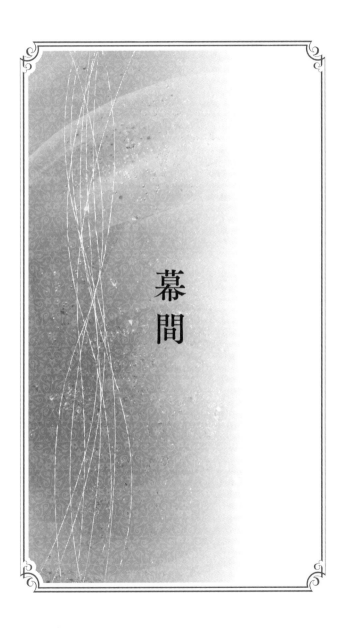

「……ああ、やはり。あなたは、美しいな」

ニコリと、琥珀のような澄んだ橙色の目を細めて彼は言った。

冷たい印象の整った顔を綻ばせ、掠れ声で囁くように。

長くしなやかで白魚のような美しい手はわたしの手にそっと重ねられていた。


「……おい、レックス。なんで君は僕の奥さんを口説いているんだ？」


そこに飛んできたのはいかにも不機嫌そうな声。いつも穏やかな微笑みを浮かべているのに珍しく眉を顰めて口元を引き攣らせているバルトルだった。

バルトルのそんな顔を苦笑を浮かべて見ながら、わたしは重ねられたレックス様の手をそっと解いた。

バルトルに対して、レックス様は不思議そうに切長の眼を少しだけ大きく開く。

「口説いてなどいないが？」

「無自覚だろうがなんだろうが、適切な距離感ってものがあるだろう。手を握るな、手を」

バルトルはわたしとレックス様の間にスッと入ってわたしを背に隠してしまった。

レックス様は怪訝な面持ちのままで小首を傾げていて、バルトルははあと頭を抱える。

「え、ええと、すみません」

とても美しい流れるような所作でされたものだから、ついぼうっとされるがままに手を握られてしまったことを謝ると、バルトルはゆっくりと大きな動作で首を横に振った。

「ロレッタ。君は謝らなくてもいいんだよ、君が僕以外の男になびきっこないってことは僕が一番よくわかってるから」

「わかっていてなぜそう焦るんだ？」

「お前、本当に人らしい情緒ってもんがないよな！　好きな女の子の手を他の男に握られたら嫌だろ！」

「握手だ。社交辞令だろう」

「『氷の貴公子』とか呼ばれているくせにこれだから……」

二人の言い合う姿を見て、ふと思う。

（……バルトル、実はレックス様と仲がいいんじゃ……）

あんまり仲は良くないのだと、たしか言っていたと思うが。同年代で、同じ仕事に就いているもの同士、通じるものがいろいろあるのではないだろうか。

――バルトルにサラッとすごいことを言われた気もしたけれど、「え」と言う間もなく目の前で言い合いが始まってしまい、なんとも言えない面映さを一人でやり過ごす。

レックス・クラフト。ほんのひと時だけ、わたしの妹ルネッタの婚約者であった彼。

彼から我が家への訪問の申し出があったのは一週間前のことだった。

わたしが糸を紡ぐのを、もう一度見たいのだ、と。

「……美しい」


彼に請われたとおり、目の前で糸を紡いで見せた。

そして、レックス様は琥珀の瞳を輝かせて恍惚とそう呟かれるに至ったのだけれど……。

そう、レックス様はけしてわたしに対して「美しい」と仰ったわけではない。「美しい」という言葉の対象はわたしの紡いだ糸のこと。……けれど、近い距離で妻にそんなことを囁かれてバルトルがいい気をしないのは、世間知らずなわたしでもさすがに察せる。

結果として、自分がぼーっとしているせいでレックス様がバルトルに叱られるに至ってしまった状況に、レックス様にもバルトルにも「申し訳ない」というような気持ちが湧いてくる。

「ほら、もう帰った帰った。僕の奥さんの糸紡ぎを見たかっただけだろ。用事済んだならもういいだろ」

しっし、とまるで野良犬を追い払うようにバルトルはすげなく手を振った。

レックス様はおおらかな方なんだろう。それを気にする様子はなく、あっさり頷かれる。

「ああ、ありがとう。先触れを出したとはいえ、急に失礼した」

「いえ、その、わたしの糸のこと、褒めてくださってありがとうございました。嬉しかったです」

それから、とわたしはバルトルの背からスッと前に出て彼と向き合い、本当は今日一番彼に言いたかった言葉を続けた。

「それに……その、ルネッタに金銭的な支援をしてくださったと伺いました。……ありがとうございます」

「……あれは婚約破棄の慰謝料だ。あなたに、お礼を言われるようなことじゃない」

「……ありがとうございます」

あの一件以来、わたしはルネッタとは……いや、実家の人間に直接連絡は取っていなかった。

魔力を失った父は伯爵としての地位は剝奪、お父様が治めていた領地の扱いについては検討中だけれど、ほとんどの業務を自分では行わずに委託していたおかげで領民には大きな混乱はないことが幸いだろうか。

お母様は……あまりバルトルから事情は聞けていないけれど、あのあと、別の『騒動』を起こしてしまったそうで、留置場にいるらしい。

そんななか、一人アーバン家に残された妹のことだけがどうしても気にかかり、バルトルに当面の生活費の援助だけでもしたいと願ったところ、レックス様が彼女に慰謝料という名目でお金を送る支度を整えていることを聞いた。

わたしやバルトルの名前で渡されるよりも、レックス様の慰謝料に潜ませて渡したほうがあの子も気をやまないだろうと、気持ちばかりではあるが、レックス様にお願いして一緒に渡してもらったのだ。

　父と血がつながっていなかったとはいえ、ルネッタはアーバン家の娘として育てられてきた。アーバン家を継ぐことはできないけれど、貴族令嬢としての教養を受け、自身も魔力を持つ娘だ。このお金をもとに生活再建の目処を立てられるようになればよいのだけど……。


「――ガーディア夫人」

「は、はい」

　物思いに耽っていたところ、名前を呼ばれ慌ててシャンと背筋を伸ばす。琥珀色の瞳を見上げる。

「クラフト家も、ほとんどの人間が電気の魔力を持つ。水色の髪をして産まれてきた俺は期待はずれだった。家系図を辿れば水の魔力を持った人間がいるのはわかっていたから、不貞こそ疑われなかったが」

　彼は静かに語り始めた。平坦な声には感情は宿っていないのに、あまり表情を映さない彼の顔がなぜだかわずかに曇って見えた。

「とはいえ、そもそも俺は次男だ。兄は眩い金の髪を持っている。それならば家を継ぐ人間には困らない。俺は産まれ落ちた時点で、家にとってはどうでもいい子どもだった」

「……」

「だから、好きなように生きるのにはちょうどよかったが。クラフト家は代々魔道具士の資格を取るのが伝統になっているが……形骸化してきている。ゆえに、むしろ、熱心に魔道具士の腕を磨こうとするのは歓迎されていない。俺が貴族の社交や業務を怠って魔道具士を本当に生業にしようとしているのを放置されているのは、まあ都合はいい。……」

レックス様の片眉が引き攣る。悩ましげな様子でレックス様は薄い唇をわずかに尖らせた。

「……」

「あの、レックス様……」

「……良い話になってしまった」

「え？」

急に押し黙るレックス様。お声をかけて、やっと口を開いた、かと思えばなぜだか整った眉が露骨に下がった。見るからにしょんぼりとした表情をレックス様が浮かべられたことに少し驚く。

「困った顔で僕を見るなよ、お前が本当はなにを話したかったのかなんて僕がわかるか」

「………そうか」

チラリとバルトルを横目で見たレックス様はバルトルにすげなく返され、眉を顰めてしまわれた。なんだか、頼りない表情の彼ともう一度目線が合い、わたしまでつられて緊張する。

「……俺のは良い話になってしまったが、言いたかったのはそうではなくて」

「は、はい」

「……黒髪で産まれてきたあなたの気持ちは……少し、わかるかもしれない。……と、言いたかった」

「レックス様……」

レックス様が伝えたかったお気持ちは、十分よくわかった。探り探り、絞り出したという雰囲気のお言葉はまっすぐなもので、レックス様ご本人としてはきっと、もっとわたしに寄り添った言葉を添えて伝えたかったのだろうけど。複雑そうなお顔で不安げに眉を寄せる彼に小さく笑って見せた。

「……あなたのことを、もっと早く知ろうとしていればよかったと悔やまれる」

「そんな。レックス様は……あの日もわたしに謝ってくださいました。そのお気持ちだけでもわたしは……」

彼はとても真面目な人なんだろう。そして、その心根には優しさのある人なのだろう。ルネッタに婚約破棄の慰謝料の名目で金銭を送ろうとされたことからも、それはしっかりと感じられた。

レックス様はふと、表情を和らげられた。琥珀色の瞳がわたしを見つめたまま柔らかな弧を描く。

「きっと俺はあなたのことを正しく知っていたら、あなたに婚姻を申し込んでいたんだろうな」

その口元はたしかに微笑んでいるように見えた。

「――レックス、人の奥さんを口説くなって、僕さっき言わなかったか？」

バルトルの声は先ほどと同様に不機嫌なものだった。対して、レックス様はやはりきょとんと怪訝そうにされていた。

「……？　なにを言っているんだ、おまえは」

「くそっ、無自覚！　お前もう、うちには来るなよ！」

「…………そうか」

来るな、と言われレックス様は先ほどと同じように露骨に落ち込まれたご様子だった。慌ててわたしはバルトルの腕を引く。

「あっ、あの、バルトル。レックス様は、その、本当にそういう気はないんだと……」

「ロレッタ、天然ってやつは天然だから怖いんだよ！　他人からもなにがなんだかわからないけど、本人にもなにがなんだかわかってないんだから！」

「……ええ……？」

そうだろうか。バルトルの主張は、そうなのかしら、どうかしら、となんとも言えず首を曖昧に傾げてしまう。……レックス様が『氷の貴公子』というよりも『天然』でいらっしゃるのは……その通りだと思うけれど。

「……おまえがなにをそう憤っているかはわからんが」

レックス様はあまり感情を出さない涼しげな表情で口を開いた。

「ガーディア夫人。あなたが美しい人ということはわかる」

「よし、もう帰れ。僕が玄関まで送ってやるよ」

バルトルがレックス様の背をグイと押した。

「ロレッタ！　君は来ないで大丈夫、居間で待ってて！　すぐ戻るから！」

「え、あ、は、はい」

大きく張った声でそう言いながら、バルトルはレックスを連れて、文字通りあっという間に目の前から去っていってしまった。

◆◆◆

すぐ戻るから、という言葉通り、バルトルはわたしが本邸の居間に入るのとほぼ同時に居間にやってきた。

レックス様をお見送り、というよりも半ば追い出してきたんだろうというわたしの推測は、多分正しいと思う。

「はあ、疲れた」

わたしの座る椅子から少し離れたソファにもたれかかり、バルトルはいつになく深いため息をつく。

「……レックス様って、面白い方なんですね」

「その感想になる？」

「はい。いい方だと思います」

「否定はしないけど、やっかいな奴だよ、あいつ」

「否定はしないんですね」

思わずクスリと笑うと、バルトルは片目を細めてしまった。きっとバルトルも本心では憎いとは思ってはいないのだろう。

「……少し、バルトルに似てる方でしたね」

「………そう思うかぁ……」

バルトルが再びため息と共に天を仰いでしまった。

よくないことを言ってしまっただろうか。真面目で、優しくて、好きなことに夢中になれて、そしてなにより、具体的に言葉にするのは難しいけれど、なんだか雰囲気がほんの少しだけ似ていると、そう思ったのだ。慌ててソファの隣に腰掛けてその表情を覗き込もうとすると、拗ねているような、バツが悪いような、なんとも言えないちょっと幼げな目をした彼と目が合った。

「……白状すると、僕も、自分でそう思う」

「バルトル」

「だからさ、だからだよ。君とあいつが並んでると、ちょっと色々考える」

「……そうなんですか？」

バルトルはのけ反った体勢を戻し、少し身を屈めてわたしを見つめた。きれいな青い瞳はやはり少し、拗ねているように見える。

「……もしかしたら、君に気づいたのは僕じゃなくて、あいつだったかもしれないとか」

「まあ」

「そんな、もしもと考えること自体がナンセンスでムカついてくる。そのもしもにならなかったから今なのにさ」

そう言うバルトルは本人が言う通り、悔しそうだった。魔道具造りは思考と試行の連続だ。だから、ついいろんな仮定を想像してしまう癖がバルトルにはついてしまっているのかもしれない。

（……たしかに、今日みたいなバルトルは珍しいわ）

バルトル本人は至って悔しそうなのに、申し訳ない限りだけど——その様子がなんだかかわいらしいなあと思ってしまう。

背を丸めているおかげでいつもより近い位置にある金色の髪に手を伸ばす。バルトルはわたしの髪をよく褒めてくれてるけど、バルトルの髪も素敵な髪だと思う。触ると意外と柔らかくて気持ちがいい。

「……ロレッタ」

小さな掠れ声と共に、バルトルは上目遣いでわたしに目線を送る。ほとんど無意識に頭を撫でていた。

「すみません、なんだか、かわいらしくて」

「……君、やっぱ『お姉ちゃん』だよな」

「えっ？」

「や、いやじゃないからいいけどさ」

「きゃっ」

ぎゅうと首元に顔を埋めるように抱きつかれる。スリ、と頭をすり寄せられると、柔らかな髪が肌を撫で、少しくすぐったい。

少し迷いながらさきほどまでと同じように頭を撫でると、抱き締める腕の力が強まったから、おそらく正解のようだった。

「君は？」

「え？」

「僕のこういう情けないところ、いやじゃない？」

「かわいいですよ」

「……『お姉ちゃん』だな。いいよ、今日はそれに甘えるから」

少し複雑そうな顔をされたのがなぜかはよくわからないけれど、きっと、悪いことではないだろう。

昼下がり、カーテンの隙間から差し込む日の光がちょうどバルトルの金の髪を照らし、キラキラと輝かせていた。髪の柔らかな感触も、日の光の暖かさも、とても心地よいものだった。

エピローグ

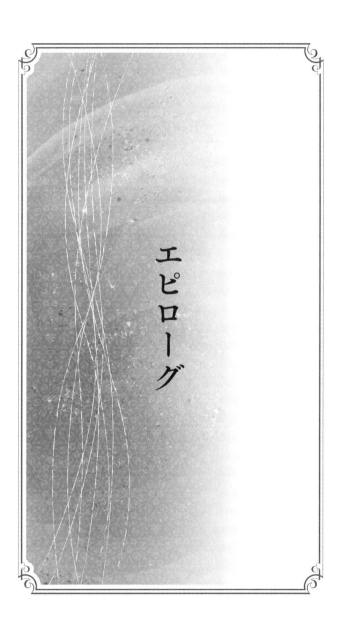

——アーバン家の魔力継承の儀が失敗した。

この知らせは国中にあっという間に広がり、わたしも今回の件について……『確認をしたい』と、国王陛下に呼び出された。

バルトルもわたしの夫として同席してくれるらしい。心強いことこのうえない。

「……なんでか知らないけど、僕わりと王様からは気に入られてるんだよね……」

「バルトルは、国王陛下に拝謁したことがあるのですね」

「うん、爵位をもらったときと……あと、違法に魔道具を作りまくってたときに呼び出されて……。そのおかげというか、そのせいでというか、それがきっかけで僕はこんなもん《貴族籍》なんかを得てしまったわけだが……」

バルトルは腕を組み、しかめ面を作った。

「まあ……僕のしていることを評価してくれるという権力者っていうのはありがたいけどね。うん、僕を気にいるくらいだから少し変わりものだろうけど、そう悪い人ではないはずだ。安心して」

「は、はい」

バルトルはニコ、と微笑んでわたしの背中を押す。

やがて、使いのものが控えの間に現れて、王の間まで導いてくれた。

初めて間近で見る陛下は、話で聞くよりも若々しい印象を受けるようなお方だった。数年前、前国王陛下が病気で亡くなられて慌ただしく即位なされた王。

（まだ四十にもなっていないとはお伺いしていたけれど……）

肌は瑞々しく、鋭い金色の瞳はギラギラと輝いていた。長く伸ばした鮮やかな赤髪も見事だった。

「早速だが、ロレッタ・ガーディアよ。本日そなたを呼びつけたのは他でもない。そなたの実家、アーバン家のことだ」

「はい」

「当主であったザイルは魔力を失い、『娘』ルネッタはアーバン伯爵領を治めるに値する魔力は有さない。……ならば、そなたにお鉢が回る」

なるべく表情を出さないように努めて、わたしは口の中に溜まったつばをゴクリと飲み干した。

「さて、しかしそなたは……その黒髪。魔力を持つ貴族としては異例の容姿をしている」

陛下は『不貞の子』であるやもしれないという言葉を避けて、そう仰った。

母・マーゴットはわたしを父との子だと言い切っていたけれど……でも、それを証明する証拠があるわけではない。わたし自身、まだ『不貞の子』である可能性を頭から拭い去れてはいなかった。

「……聞けば、そなたは魔力の糸が紡げるそうだな」

陛下は静かに告げた。

「それをもって、そなたがまことにザイル・アーバンの娘である証明としよう。今ここで糸を紡いで見せよ」

わたしは陛下に礼をする。

そして、両方の指先をくるくると回し、糸を紡いで見せる。

あの日も似たようなことをしたわね、と思いながら。

「……見事だ。なるほど、これがアーバン家の魔力の糸として納品されていたのだな」

やがて、糸の束ができあがると、陛下は静かな王の間にパチパチと手を叩く音を響かせた。

「……そなたが望むのであれば、アーバン家はそなたが継ぐのがよいだろう。どうする？」

「――わたしはアーバン家は継ぎません」

「うむ、そうか。わかった」

陛下は驚くほどアッサリとわたしの宣言を受け入れて、深い頷きを見せる。

「……陛下、だから言ったでしょう。彼女に確認をしても無駄だと」

「ああ、そう苛立つな、バルトトル。一応は聞いておかねばならんのでな。勘弁しろ」

（……バルトトル、ちょっと……国王陛下に対しても、結構、口調が……）

……わりと気安い感じがするのは、気のせいだろうか？

陛下もバルトトルの態度に気を悪くした様子はなく、むしろなんだか楽しげに口元に笑みを浮かべていらした。

わたしに向き直った陛下は「しかし」と前置きして再び口を開かれた。

「そなたがバルトルに嫁いでからというもの、そなたが紡いだ糸が国に納められることがなくなり、実は何かと支障が出ていてな」

「支障が……？」

「うむ。アーバン家の魔力の糸の評判を聞いて、わざわざ指定して買い付けるものは多いのだよ。しかし……そなたがアーバン家から離れてからは、な。いままで通りの出力で使えることを期待して使っていた魔道具が思うように動かなくて困ってしまう事例が相次いでいてな」

（え……？）

わたしは目をむく。陛下は涼しい顔で続けた。

「この間などは、ほれ、物見の塔の自動昇降機《エレベーター》が想定外の燃料切れを起こしたりな」

「……あ……」

その事件のことはよく知っている。なにしろ、わたしは現場にいた。

（電気の魔力の糸でなくては動かない、とは聞いていたけれど、まさかわたしの家の糸を……わたしの糸を使っていただなんて）

「想定よりも早く燃料切れを起こしたり、出力が足りなくて魔道具がうまく動かなかったりする事態が頻発していた。人はすぐ便利なものに頼りたがる。みんな、そなたの紡ぐ魔力の糸に期待していたのだな」

「そ、そう……だったのですね」

とはいえ、そんなに多くの場所でわたしの魔力の糸が求められていたのだという実感は湧かないけれど、陛下がわざわざわたしをおだてる必要もない。陛下のお言葉はきっと真実だ。

「よければこれからも国に魔力の糸を納めるようにしてもらえないか？」

隣にいるバルトルの顔を見上げる。バルトルは小さく頷いた。

「……はい。わかりました」

バルトルが承認してくれるならば、とわたしは陛下に礼をした。

「ああ、それはよかった。実のところ、こちらのほうが本命のお願いだったのだよ、アーバン領のことはまあどうとでもなるだろう。……バルトルよ、そう睨むな。アーバン家の話はもうせんよ」

……バルトルはわたしにあまり父や母の顛末を聞かせないようにしている。わたしのことを思いやってのことだとわかるから、わたしもバルトルに深く聞くことはしないでいた。

陛下は口角をあげて、ややシニカルな印象の笑みを見せられる。

「お前も悪い男だな。彼女を妻に迎え入れてから一度も彼女の糸を外に出さなかったろう？　お前の望むのは魔道具の平等性を高めることだろう、矛盾しとらんか？」

「いいえ、永遠に独占する気はありませんでしたよ。単に僕があんまり彼女を働かせたくなかっただけです。……陛下、彼女に糸を紡いでもらうというのは簡単なことです、ですが、扱いはどうか慎重にしていただきたい」

「ああ、わかっているよ。黒髪の令嬢が、全ての属性を有した魔力の糸を紡げるなんてな。みな、関心を持つだろうな」

陛下がスッと瞳を細められた。緊張感のある二人のやりとりにわたしも息を呑む。

（……わたしの魔力の糸）

そんなに、特別……なのだろうか？

ただただ離れで妹のためにと糸を紡いでいただけだから、わたし自身にはよくわからない。

「お願いしますよ、僕、貴族になったからってだけで家を燃やされているんですからね。貴族連中に彼女が変に目をつけられないようにしてください」

「……えっ」

思わず陛下の御前ということも忘れて目を丸くしてバルトルを見上げる。

「おい、バルトル。お前の嫁、ずいぶんと驚いてるが、話しとらんのか？」

「えっ？……何を？」

「……家、燃やされたんですか？」

だから新しく、あのお屋敷を買った、と。

「そこに驚いたの？　あれ、話してなかったっけ」

バルトルはきょとんとしている。陛下は手を叩いて笑い出した。

「アッハッハ！　相変わらず面白い男だな！」

快活に大笑いする陛下に呆気に取られていると、陛下は猫のように目を細め、わたしたちを見下ろした。

「余はお前に期待しているのだ、バルトル。『異界の導き手』の遺物に甘えきりではいつか必ずこの国は破綻する。お前が言うように、もっと誰もが平等に扱えるようにしていくべきだ」

「……ありがとうございます」

「しかし、お前がアーバン家の病弱な娘との婚姻を届け出た時は焦ったよ。おれがもっといい後ろ盾をつけてやろうと思っていたのになあ。こういうことだったのか」

「陛下」

「ん？　ああすまん。口が滑った、んん！」

陛下はわざとらしく咳払いをすると、目を細めてニッと笑われた。

「まあなんだ、良い相手と結ばれたようで何よりだ。二人協力し、さらなる魔道具の発展に貢献してくれ。以上！」


王の間を退室し、王宮からも出て、王都を歩きながらポツポツと話す。

「……あの、バルトル。……お友達なんですか？　国王陛下」

「……いや、妙に気に入られてるだけだよ、うん」

眉根を寄せながらバルトルは苦笑する。

……やたらと陛下との距離感が近いと感じたのは気のせい……ではないと思うのだが。

「君の……魔力の糸のことは元々あの人にはバレてはいたんだけどさ。王様にも口説かれちゃったね」

バルトルははあとため息をつく。

「そんな、口説くだなんて」

「……君が思っている以上に君の魔力の糸、というのは有用なんだ。せっかくあの家を出たのに、君を……僕が利用するような形になるのは嫌だった」

小さな掠れ声でバルトルは続ける。王都の喧騒に紛れながらも、わたしの耳にかすかに届く。

「僕が君と結婚したのは、別に君を利用したかったからじゃないのに」

「バルトル」

高い位置にある頭を、見上げながらわたしは目を細めた。

「わたし、糸紡ぎは好きなんです。わたしでお役に立てるのでしたら、嫌じゃありません」

「……ありがとう。でも、王様からの依頼は嫌だったら断っていいからね」

「こ、断りませんってば。困っている方もいるといいますし」

「君、仕事人間になっちゃいそうなタイプだよね」

「そ、そうですか?」

どこか拗ねたように唇を尖らせるバルトルに少したじろぎながら、わたしは彼を見上げる。

「……そういえば、バルトル。どうして、バルトルはわたしが……。アーバン家が納めていた魔力の糸は、わたしのものだとわかっていたのですか？」

魔力の糸、といえば。ふと思い出して問いかけたわたしに、バルトルは今度は目を大きく見開いた。

「え？」

「以前にも伺いましたが……そのときは、お答えいただけなかったので……」

「ああ、そうだったね」

ははは、と軽く笑いながら、バルトルは金の髪をかく。

「……気になる？」

「はい」

小首を傾げた彼に、頷いてみせる。

「――内緒」

「ええっ!?」

だけど返ってきたのは、小さな声とそっぽを向く彼で、わたしはついいつになく声を荒らげた。

「そ、その、以前は……わたしの『不貞の子』の噂を気遣って、あえてその話題を追及しないように……。言わずにいてくださったのでしょう？」

「うーん。不必要に君にその噂の話をしたくなかったのはあるけど……」

「今でしたら……聞かせていただけるかなと思っていたのです」

俯き、そっと胸の前で手元をいじる。

ねだれば教えてくれないだろうかと、期待まじりにバルトルを見上げるけれど、バルトルは苦笑を浮かべるばかりだった。

「多分、僕は一生内緒にしていると思う」

「……そ、そんなに？」

「うん」

ハッキリと頷くバルトル。戸惑いの表情を浮かべているわたしに、バルトルは「いや」とバツの悪そうな声で言った。

「たいしたことじゃないよ、たいしたことじゃないけど。……言ったら嫌われそうだから、やだ」

「……ええ？」

一体、どういう……？

(たいしたことでないなら、教えてくださってもいいのに……)

ますます不思議になって、わたしは質問を変えることにした。

「……あの、バルトル。もしかして、なのですが」

「ん？」

「わたしたちって、前にも一度……お会いしたことがありました？」

バルトルは一瞬だけ目を見開いて、すぐにいつものように細めた。

「どうしてそう思ったの？」

「あなたの誕生日を祝おうという日を決めようとした時に……。初めて会った日のこと、全然違う日にちを仰っていたので」

わたしとバルトルが初めて会ったのは、八の月のこと。それなのに、バルトルはなぜか『三の月の十日』と言った。

「もしかしたら、その日にわたしたち、会ったことがあるんじゃないか……って」

バルトルは記憶力もいいし、自分で言うのもおこがましいけれど……バルトルがわたしのことで、日付を間違えるだなんてないような気がした。

「……僕、君のそういう賢いところ、好きだよ」

「きゃっ」

バルトルの大きな上背がわたしをすっぽりと覆い込むように抱きついてきた。

バルトルは唇をわたしの耳に寄せると、掠れた声で囁く。

「でも、これは内緒にさせておいて。……だめ？」

「…………わかりました」

耳朶に響く声をくすぐったく思いながら、わたしはなんとか答える。

（……バルトルは、そんなにこのことを答えたくないのかしら）

あのとき、バルトルが言っていた『三の月の十日』。……なにか、あっただろうか。

「――いけない。こんなところで抱き合ってたら冷やかされそうだ、早くおうちに帰ろう」

「は、はい」

そうだ、ここは人の往来激しい王都の真っ只中。

抱きついてきたのもバルトルだけど、彼に指摘されて我に返り、慌てて距離をとる。

(……でも、バルトルと会ったことがあるならわたしがちっとも覚えていないのも変だわ。……どうしてかしら)

まだ、胸の内に疑問は抱えつつも――。

「ロレッタ、これからは……ううん、これからも、二人で頑張ろうね」

「はい、わたしでお力になれるのでしたら、なんでもします!」

「うーん、なんでも、はちょっと頑張りすぎだが、まあいいや! 一緒に……魔道具、作ろうね」

「はい!」

少し冷たい手を握り、二人並んで歩くことを幸せに感じながら、帰路につくのだった。

FIN

あとがき

はじめまして、三崎ちさと申します。このたびは本作をお手にとっていただき、まことにありがとうございました。

本作は私にとって、『小説家になろう』さんで書いていて初めて書籍化のお声かけをいただいた作品になります。

本作、不貞の子は一番初めに『不貞の子』というのをキーワードにした作品を書こう、というところからスタートしました。普段は思いついたら（頭の中になんらかのシーンが浮かんだら）なんにも考えずにとりあえず書いてみて、設定を後付け的に考えるタイプなのですが、本作は私にしては珍しく設定から先に作ってお話を考えた作品でした。そのせいか、書き出しにものすごい難航した記憶があります。ロレッタやバルトルの設定も二転三転していました。ので、手元で捏ねている時間が長かった分思い入れがある作品です。

バルトルはWEB掲載当時は正統派イケメンとして書いていたつもりなのですが、時間を置いて読み返していたら「この人そんなに（正統派イケメンヒーローとしては）お行儀よくはないな……？」となりました。びっくりしました。ちなみに、バルトルの口調のイメージは海外児童文学の主人公のお友達の男の子の日本語訳みたいな感じの喋り方というイメージでした（雰囲気、伝わっていて欲しい）。ちょっとわざとらしい「～だぜ」とか、たまに混じる少し堅苦しい「～だが」みたいな口調が好きで……。

ちなみに、『異界の導き手』というのは既にお察しと思いますが、いわゆる異世界転移者です。彼が転移チートしまくって魔道具（家電類）を作り、世に普及させインフラ革命を起こした後の世界が本作、という感じです。私が異世界でも温水トイレと冷蔵庫と電子レンジがあってほしいのでこういう設定になりました。追い焚き機能付きの風呂もあります。水道の水、飲めます。バルトルは魔道具オタクですが、それらをいきなり世界にもたらしたこの人のことを「とんでもないことしてくれたな！」と憤る気持ちも抱えています。そんな感じの世界観です。それがあるのが当たり前になっていますので、あまり作中では触れていませんが、あるんです、温水トイレが……。

魔力の糸の設定は完全にビジュアル重視で考えました。魔道具の燃料にできるなら『魔石』とか、設定的にはなんでもよかったのですが、手元でクルクル糸紡ぐ女の子、絶対かわいい！　と。そんな感じでできあがった本作です。なんだか欲望だらけでできていますね。

イラストをご担当くださった花染なぎさ先生のおかげで、みんなとってもかわいらしくカッコよく、魅力的なキャラクターになりました。

ロレッタが本当にかわいくてかわいくて感動しました。ロレッタのピアスは花染先生のアイディアなのですが、「髪型で変化をつけにくい分ここで遊びと華やかさを演出するのか～！」と感動しました。こんなに大人しそうでかわいい女の子の耳にピアス穴が……!?　みたいな感じでめちゃくちゃ興奮しました。本当にありがとうございます。

バルトルは本当はもう少し見た目チャラい金髪の兄ちゃん、ってイメージだったのですが、花染先生が描いてくださったデザイン画があまりにも『王子様♡』で最高すぎて「あー！　王子様でいきましょう!!」となりました。デザイン画をいただいたとき、バルトルとレックスが並んで描かれていまして、二人並んでいるとさながら乙女ゲームのキャラ紹介立ち絵を眺めているような気持ちになって一人で照れていました。お忙しい中、素敵なデザインやイラストの数々をちょうだいいたしまして、大感謝です……！　本作を見つけてくださいました担当編集様、素敵な絵で彩ってくださいました花染なぎさ先生、デザイナー様、本作に関わってくださいました全ての皆様。そしてお読みくださいました読者の皆様。本当にありがとうございました。

今巻ではロレッタが実家との縁を断ち切り、バルトルと結ばれるまでの過程を書いていきましたが、ロレッタとバルトルの二人のこれから、はまだ続いていきます。ありがたいことにコミカライズの企画も進行中ですので、私自身、本作のこれからのことがとてもとても楽しみです。

それでは、最後までお目通しいただきましてありがとうございました。またお会いできましたら嬉しいです。

三崎ちさ

EARTH STAR LUNA
アース・スターールナ
辺境の貧乏伯爵に嫁ぐことになったので領地改革に励みます
～ドラゴンと公爵令嬢～
As I would marry into the remote poor earl, I work hard at territory reform
第❷巻発売中!!
作品詳細はこちら→
著:花波薫歩
イラスト:ボダックス

無自覚な天才少女は気付かない
mujikakuna
tensaisyoujoha
kidukanai
まきぶろ
illustration
狂zip
～あらゆる分野で努力しても家族が全く褒めてくれないので、家出して冒険者になりました～
天才でした!?

EARTH STAR
LUNA

不貞の子は父に売られた嫁ぎ先の成り上がり男爵に真価を見いだされる
天才魔道具士は黒髪の令嬢を溺愛する

発行 ―――――――――― 2023年3月1日　初版第1刷発行

著者 ―――――――――― 三崎ちさ

イラストレーター ―――― 花染なぎさ

装丁デザイン ――――――― 山上陽一（ARTEN）

発行者 ――――――――― 幕内和博

編集 ―――――――――― 筒井さやか

発行所 ――――――――― 株式会社アース・スター エンターテイメント
〒141-0021　東京都品川区上大崎3-1-1
目黒セントラルスクエア　7F
TEL：03-5561-7630
FAX：03-5561-7632
https://www.es-luna.jp

印刷・製本 ――――――― 中央精版印刷株式会社

ISBN 978-4-8030-1762-5